TWENTYSIX
Random House und
Books on Demand

Buch

Acht erotische Geschich Liebe und
Leidenschaft erzählen, v   und Verlieren
und von Verletzungen u   momenten.

Von einer **Testreihe**, die alle Intimitäten auslotet -
einem **häuslichen Dienst**, der in einem Dreier endet -
die **süße Rache**, die zum Schluss ein tragisches Ende nimmt -
einem **unschlüssigen Freier**, der seine Erfüllung findet
und sie gleich wieder verliert - - -

Alles kleine Impressionen aus den Gefilden des Alltags,
mit Humor erzählt und gewürzt mit einer scharfen Prise
Sex.

Autorin

Franciska Schmid´s erster Kurzgeschichten Band, wo ihre
sinnlichen und frivolen Tagträume eine literarische Form
finden. Sie schreibt seit Jugendtagen Lyrik und Prosa - wir
freuen uns auf ihren außergewöhnlichen Einstieg.

Franciska Schmid

**Erotische
Geschichten**

TWENTYSIX
Random House und
Books on Demand

TWENTYSIX –
Der Self-Publishing-Verlag
Eine Kooperation
zwischen der Verlagsgruppe
Random House und
Books on Demand

© 2020 Schmid, Franciska
Herstellung und Verlag: BoD –
Books on Demand, Norderstedt
ISBN: 9783740762629

Inhalt

Die Testreihe 9

Häuslicher Dienst 37

Süße Rache 55

Der unschlüssige Freier 95

Im Aufzug 123

Die Buchhalterin 145

Berghotel 175

Traumgebilde 185

1.

Die Testreihe

Auf der Fensterbank standen die Dinger in Reih und Glied - große, dicke, flache und dünne. Sie wirkten wie Stelen, mit zierlichem Beiwerk - oder, wie eine schlüpfrige Bergformation, wenn man denn die nötige Fantasie dazu aufbrachte.

Jennifer jedenfalls hatte genug Fantasie, um sich alles Mögliche darunter vorzustellen. - Im Licht der aufgehenden Sonne, warfen die Objekte schmale Schatten und sorgten für eine eigenartige Präsenz. An den runden Flanken brachen sich die Strahlen und die Dinger leuchteten dadurch umso intensiver.

Jennifer war noch im Bett. Ihr Freund hatte sich bereits vor zwei Tagen verabschiedet. - Wie immer, machte er sich kurz nach Mitternacht aus dem Staub, da er meinte, nicht in fremden Betten einschlafen zu können. Jennifer glaubte ihm nicht und hielt das für eine Ausrede. Schließlich war **sie** seine Freundin, wenn auch erst kurz, aber ihm innig zugetan und da sollte man doch neben der Liebsten selig einschlafen können!?

Nun ja. Sie war nur kurz traurig deswegen und genoss die Zeit allein im Bett, wo sie niemand weiter störte. Und wenn es langsam hell wurde da draußen und man ansonsten nichts vorhatte, nickte man noch schön ein dabei und konnte seinen Träumen freien Lauf lassen.

Schließlich schlug sie aber doch die Decke zurück, da es ihr darunter zu warm wurde. Auch das dünne Nachthemdchen musste weichen, da die Morgensonne allmählich übers Bett strich und ihre Haut zum Glühen brachte. Sie genoss es mit Genugtuung, als ob die Sonne nur für sie aufgegangen wäre.

Jetzt stützte sie sich auf und betrachtete die Dildos und Freudenspender, die auf der Fensterbank glänzten. - Sie überlegte, welchen sie davon als nächsten vornehmen und testen sollte.

Sie hatte durch Zufall erfahren, dass ein ortsansässiges Unternehmen Testpersonen suchte. Diese sollten mit vollem Einsatz, die neu entwickelten Lust-Spender, unter realen Bedingungen testen.
Somit war sie plötzlich Teil einer (in)offiziellen Testgruppe, die alle Facetten der Lust akribisch auszuloten hatte. Anhand einer Strichliste konnte man alle Aspekte auswerten und abhaken, die von Belang waren. - Also von **A** - wie analtauglich, bis hin zu **Z** - wie zungenverträglich.
Es war eine reizende Abwechslung, neben ihrem Studium und es motivierte sie außerordentlich, mit der eigenen Lust zu spielen und dafür noch bezahlt zu werden!

- Damals, als sie noch ein Teenie war, im Überschwang der Gefühle und weil sie vor Neugier brannte, hatte sie bereits herumexperimentiert. Ganz im Geheimen versteht sich, wollte sie die undeutbaren Gelüste erkunden. Selbst ihrer besten Freundin erzählte sie nichts davon, da sie noch nicht einschätzen konnte, ob sie ein abartiges Verlangen auslebte, oder, ob es das Normalste von der Welt war.

Bananen, Möhren und andere formschöne Dinge, waren ihre Spielzeuge, die sie sich *einverleibte*.
Einmal wurde sie rot, bis über beide Ohren, da sie mit einer Möhre in ihrem Zimmer verschwand und ihre Mutter es mitbekam. Demonstrativ biss sie laut ins Gemüse, damit ihre Mutter nicht auf abwegige Gedanken kam.
Erst später fand sie heraus, dass es spezielle Gummiteile gab, die als Hilfsmittel eher geeignet waren. -

Jennifer hatte am vorletzten Abend mit der Testreihe begonnen und ihren Freund Mark dazu verdammt, daran teilzuhaben. So stellte sie es sich zumindest vor und dass es ihm auch gefallen könnte.

- Ein großer Karton war ihr zugeschickt worden, mit einer kleinen Broschüre obenauf, wo die Positionen und die Handhabung grob dargestellt waren. Den Karton hatte sie vorsorglich im Kleiderschrank versteckt, damit ihr Freund sie nicht schief anschaute. - Sie fand sich zwar freizügig, aber es musste ja nicht an die große Glocke kommen, dass sie an einer, nicht alltäglichen, Studie teilnahm. -

Mark jedenfalls war baff, als sie mit einem, gut dreißig Zentimeter, langen Dildo ankam und das Teil *kampfbereit,* wie eine Art Säbel, schwang und damit herumfuchtelte.
Seine Augen wirkten etwas verstört und ängstlich zuckte er zurück, bei ihrem Gehabe.
Als Erklärung gab sie nur an, dass sie das Teil ganz spontan in einem Geschäft erstanden hätte, da sie halt Lust darauf hatte, ihr beider Vorspiel einmal anders zu gestalten.

Erst war ihr Freund zurückhaltend und verstand eigentlich nicht, warum es solcher Dinger überhaupt bedurfte. Er wusste nicht recht, wie er damit umgehen sollte. - War sein Penis nicht groß und standhaft genug, musste es auch noch ein Dildo sein!?

Jennifer nahm an, dass er so ein Ding bisher nicht in Händen gehalten hatte, so wie er darauf starrte. - Sie hatte extra Reizwäsche angezogen, die so sexy war, dass er gar nicht anders konnte, als sich darauf einzulassen. Doch erst einmal, wollte sie selbst mit dem Teil glänzen und vor ihm eine Show abziehen.

Sie legte sich dazu aufs Bett, räkelte sich lasziv für eine Weile, in ihrer seidigen Spitzenunterwäsche und spreizte dann gleich ihre Schenkel. Dies hielt ihn zumindest gefangen - so, wie er ihr dabei zusah.

Erst spielte sie mit dem Dildo an ihrem Höschen und strich dann über ihre Schenkel damit. Das Ding war wie ein dicker, verlängerter Finger, der die besagten Stellen auf ihrer Haut zum Kribbeln brachte.

Auch für Jennifer war es neu, dass jemand ihr dabei zusah. Das hatte schon was, so einen Prügel in der Hand zu halten und ihrem Freund dabei zuzusehen, wie er langsam ganz flatterig und aufgeregt wurde.
Sie fuhr erneut zwischen ihre Beine damit und massierte die empfindlichen Stellen. Ihr Höschen schob sie zur Seite, so dass Mark ihre Schamlippen in Augenschein nehmen konnte.

Ihre Gefühle wollte sie noch unterdrücken und ihm eine quasi Anleitung geben, was man alles damit anstellen konnte. Aber so richtig zurückhalten konnte sie sich dann doch nicht. - Das Spielzeug schien ein Eigenleben zu entwickeln und immer, wenn sie die Stimulanz unterbrechen wollte, passierte das Gegenteil.

Und dann passierte es. Der Reiz war so mächtig, dass sie den Dildo einfach hineinbefördern musste …
Da ging kein Weg dran vorbei und es war ja nur eine kleine Handbewegung, die damit verbunden war. - Doch der Effekt zeigte sich ziemlich schnell. Ihre Hände zitterten und mit jedem Schub, den sie mit dem Teil vollführte, steigerte nur ihr Verlangen nach mehr. Warme Schauer glitten durch ihren Körper und sie wunderte sich, wie weit sie ihn doch hineinzuschieben vermochte und wie es sie im Ganzen ausfüllte und beglückte.

Mark fiel natürlich auf, wie abwesend sie mittlerweile war. Sie schob und presste das Ding immer wieder mit Wucht hinein und nur halb heraus. Dabei bog sie den Kopf in den Nacken und war völlig davon eingenommen.
Erst zögerte er noch, da sie so selbstvergessen agierte …
Doch schließlich kam er begierig vor, ließ die Hosen runter und wollte jetzt selbst die Stimulierung übernehmen.
Ihre Darbietung hatte ihn magnetisiert und in seinem Kopf liefen merkwürdige Bilder durcheinander, die ihn zusätzlich in *Rage* brachten. - Den Dildo nahm er ihr aus der Hand und warf ihn achtlos über die Bettkante. - Er stürzte sich auf sie und fuhr mit seinem Steifen so heftig hinein, als wollte er einen Konkurrenten unschädlich machen. Er wollte doch mal sehen, ob er das rein und raus Spiel nicht

mindestens genauso gut hinbekam.

Es hatte sie kurzfristig aus dem Konzept gebracht, wo sie doch gerade so schön dabei war, ihre Möse mit dem Ding zu bearbeiten. So schnell wollte sie eigentlich die Kontrolle nicht abgeben. Aber ihr Freund tat sein Bestes, um sie auf seine Weise zu beflügeln. Da konnte sie dann nicht mehr gegenhalten.

Dabei fiel ihr noch rechtzeitig ein, dass sie ja - neben aller Lustanwandlungen, die sie durchlebte - einen Test zu absolvieren hatte …! Sie musste daher aufpassen, dass sie noch einen Hauch von Objektivität bewahrte. -
Als Jurastudentin war sie angehalten, sachlich und von allen Seiten, die Dinge zu betrachten - dies wollte sie dann doch, selbst hier, dem Test zuliebe, nicht ganz aufgeben.

Hier konnte sie die ersten Unterschiede ausmachen. - Der Dildo war nur ein Werkzeug. Der lag zwar gut in der Hand, aber man musste, durch sein eigenes Tun, alles am Laufen halten. Marks Schwanz hingegen war schon beim ersten Auftreffen unberechenbar - warm und hart fühlte er sich an, aber auch geschmeidig und weich, in gewisser Weise viel anpassungsfähiger, als so ein Gummiteil.
Und, je nach Typ Mann, war das Eindringen wirkungsvoller, da man sich vollkommen hingeben konnte, ohne dabei einen Finger rühren zu müssen …
Ja, es war schon etwas anderes, sich selbst zu stimulieren, oder sich stimulieren zu lassen. Instinktiv wusste sie, dass bei ihrem Freund vorauszusehen war, dass es über kurz oder lang zum Ausbruch kommen musste - auch das machte die Sache intensiver und reizte sie, mit ihm mitzu-

halten und vielleicht am Ende eine Gleichzeitigkeit zu erreichen, die eher selten aufkam.

Auch die Ungewissheit war ein nicht zu verachtendes Element, bei dem ganzen Spiel. Immer, wenn sie dachte, Mark würde den Takt seiner Bewegung beibehalten, wurde sie *eines Besseren* belehrt. Wenn er stoppte, machte sie das ganz kirre, da sie sich nach weiteren Stößen sehnte.

Beide waren so aufgegeilt, dass es nicht mehr lange andauern konnte. Alles war so feucht und warm und glitschig, dass es unentwegt an ihren Nerven zerrte. Alles pulsierte unter der Gürtellinie und zum finalen Ende wurde ein Beben entfacht, das beide fast bis zur Besinnungslosigkeit trieb.

Nun, das alles war bereits Geschichte und von vorgestern. - Daran dachte sie heute Morgen, als die warmen Strahlen sie auf ihrer Lagerstätte verwöhnten.
Doch jetzt stand sie von ihrem Bett auf und tippelte zum Fenster, nackt wie sie war. Ihr Körper war über die Maßen erhitzt, von ihrem morgendlichen Sonnenbad, dass ihre Vulva einem weiteren Reiz nicht abgeneigt war.

Sie lehnte sich hinaus, schaute auf den Garten und auf die Kronen der Bäume. Ein paar Sperlinge wetteiferten im Flug und in der Ferne zerstieben die letzten Nebelbänke.
Arme und Hände stemmte sie aufs Fensterbrett, dass ihre Brüste fast aneinander rieben. Dann machte sie zwei, drei, knappe Schritte zurück, ohne ihre Haltung zu verändern, bog ihren Rücken durch und betrachtete die Reihe der Lustspender. - Sie fand, dass sie hier hübsch zur Geltung

kamen und überlegte, welchen davon sie heute bevorzugen sollte. Sie berührte die Silikonformen und dachte darüber nach, was jedes einzelne dieser Teile in ihr wohl auszulösen vermochte.

Sie entschied sich für eine Art geformtes „C", oder enggebogene Klammer. Das Ding lag so unschuldig da, dass sie nicht widerstehen konnte. - Was war das bloß? Erst wusste sie nicht, wie sie damit umzugehen hatte, doch dann dachte sie nur: *learning by doing* - und das sollte doch genug Ansporn für sie sein!

Es schien jedenfalls vielseitig einsetzbar, das kleine Ding. Und wenn man an der richtigen Stelle drücke, vibrierte es sogar. Sie nahm es in die Hand, schob ihren Zeigefinger durch die Schlaufe und versuchte mit den offenen Enden ihre Klitoris zu stimulieren.
Mit dem linken Ellbogen stützte sie sich weiter ab, spreizte etwas mehr ihre Beine, damit sie freien Zugang hatte und, legte los. - Sie drückte dazu auf einen Knopf, so dass die vorderen Zangen anfingen merklich zu schwingen.
Erst legte sie sie vorsichtig auf ihre Schamlippen, um es anzutesten. - Nicht schlecht! - Ein leichter Schauer durchströmte sie und immer, wenn sie die Enden ein Stückchen hoch oder runter bewegte, gab es ihr neue Schübe reizvoller Empfindungen.

Dann wollte sie aber mehr. Sie steckte die Enden in ihre Möse und trieb das Teil so weit hinein, wie es ihr Zeigefinger zuließ. Noch etwas weiter spreizte sie ihre Schenkel. Ein leichtes Zittern ging durch ihre Knie und sie balancierte mit ihrem Hintern vor und zurück, damit es besser

funktionierte. - Uff! - Sie begann zu schwitzen.
Verdammt, warum kriegte sie es nicht weiter hinein. Ah ja, sie war mit ihren Gelüsten schon so weit, dass sie anscheinend nicht mehr richtig denken konnte ... Jetzt löste sie den Zeigefinger aus der Schlaufe, umfasste das Ding an seiner äußersten Rundung und trieb es dann noch einmal, so weit wie irgend möglich, hinein.

Oh, ja - das war schon besser! Sie bebte vor Lust. - Sie schaute an sich hinunter, sah ihre Brüste auf und ab schwingen, je nachdem, wie sie sich bewegte und den vibrierenden Schnabel in ihrer Höhle verschwinden ließ.
Dann kam ihr noch eine Idee, die sie sofort umsetzte: sie nahm das Teil aus ihrer Möse und zwirbelte mit den weichen Zangen ihre Nippel, drückte auch die beiden Enden zusammen, wenn sie eine Brustwarze mittig erwischte. -
Sie stöhnte und keuchte. Ihre Knie begannen erneut zu zittern und sie konnte sich gerade noch so auf den Beinen halten. - Ihre Nippel sendeten eindeutige Impulse an ihre Möse, so dass sie fast gekommen wäre.
Schnell nahm sie das lüsterne Teil und schob es zurück in ihre feuchte Klit. Ein paar Stöße noch und es war um sie geschehen. Mit einem gewaltigen Schub kamen die ersten Eruptionen, die sich im ganzen Körper ausbreiteten ...

Als sie wieder halbwegs zu sich kam, nahm sie das Ding heraus und hielt es hoch. - 'Du unscheinbares Ding, du!' - Ein paar Schleimtropfen lösten sich ab davon und glitten auf ihren Schlafzimmerboden.
Sie versuchte sich wieder ganz aufzurichten, was nicht so einfach war. - Aus Neugier leckte sie kurz an dem Teil,

fand den Geschmack davon allerdings etwas seltsam.
Mit wackligen Knien ging sie erst einmal ins Badezimmer.

Na, da hatte sie nun einiges an Punkten, die sie bei dem Teil durchaus positiv bewerten -und auf ihrer Strichliste abhaken konnte. Ihr schwante, dass sie damit noch einiges mehr hätte anstellen können. Bei Gelegenheit würde sie es Mark zeigen. Sie konnte bereits erahnen, wie ungläubig er darauf blicken würde.
Nachmittags kam sie aus der Uni zurück und machte ein paar Besorgungen fürs Abendessen. Sie erwartete noch Besuch. Besuch von ihrer Freundin. - Doch bevor die kam, wollte sie sich noch schick machen, da sie einen gewissen Plan im Hinterkopf hatte, den sie unbedingt mit ihr durchziehen wollte.
Sie hatte Anika während des Studiums kennengelernt und beide schwammen auf der gleichen Wellenlänge.
Ihr konnte sie auch von der Testreihe erzählen ... - Sie nahm es locker hin und wollte gleich mitmachen bei der Studie.
Beide waren dann doch etwas angespannt, da sie etwas Vergleichbares noch nie ausprobiert hatten. Sie beeilten sich mit dem Essen, tranken auch reichlich Wein dazu, um sich locker zu machen. - Sie konnten ja nicht wissen, ob sie nicht doch voreinander gehemmt sein würden und einer, oder beide, einen Rückzieher machten.

Jennifer wollte, für dieses seltene Ereignis, einen ganz besonderen vorholen. - Für die Fensterbank wäre das voluminöse Teil wohl nichts gewesen. - Sie hatte es vorsorglich im Karton gelassen. -
Das außergewöhnliche Ding war wenigstens zweimal so

lang wie jenes, mit dem sie vor Mark ihre Showeinlage hatte. Die Form war gebogen, wie ein Stier-Horn, und statt der Spitzen, waren die Enden hübsch rund und eichelförmig.
Als sie das Teil zum ersten Mal sah, erschrak sie fast, bis ihr klar wurde, dass es sicherlich für zwei angedacht war. Ihr schossen gleich wilde Fantasien durch den Kopf, wie und mit wem sie es wohl ausprobieren könnte.

„Sollen wir anfangen, was meinst du?", sie sprach etwas unsicher zu Anika.

„Ja, sicher, wo hast du denn die Gerätschaften?", Anika kicherte vor sich hin und konnte sich gar nicht mehr einkriegen.

„Warte kurz, bin nur kurz in meinem Schlafgemach!" - Auch Jennifer hatte einen zu viel getrunken und wankte zu dem Versteck.
Als sie zurück war, konnte Anika nicht glauben, was sie da sah. Erst blickte sie verdattert drein, bis ihr Gesicht sich langsam wieder aufhellte. - Erneut fing sie zu kichern an und wiegte dabei ihr hübsches Köpfchen: „Oh, man, was bringst du denn da an? - Hab so etwas mal auf Bildern und in Pornos gesehen, aber noch nie real vor Augen gehabt - - - es ist ja ... beeindruckend!"

„Ja, Liebste, was es nicht alles gibt, eh! ... Wo solln wir starten, hier oder im Schlafzimmer? ... Ach komm, wir gehen ins Schlafzimmer, da ist es gemütlicher. - Es hat ja keine Eile. - Bring du die Gläser mit - ich mach noch ne Flasche auf!" - Jennifer kicherte in sich hinein und vergaß dabei völlig die Flasche, die sie noch aufmachen und mitbringen wollte. - Stattdessen hatte sie den großen Zweierdildo fest umklammert und machte sich damit auf den Weg.

Selbst Anika, die hinter Jennifer hersah und ihr dann folgte, schien gedankenverloren und kümmerte sich nicht weiter um die Gläser. Vielleicht wähnte sie sich bereits im Liebesrausch mit ihrer Freundin.

„Schön, da müssen wir uns langsam herantasten. (*Kicher!*) Das Ding jagt mir jetzt schon einen Schauer übern Rücken!" - Anika lief rot an, trotz Alkoholfahne. - Jetzt wiegte sie das Ding in ihren Händen und geriet gleich ins Fantasieren.

Jennifer blickte sie vernebelt an - sie versuchte sich zu konzentrieren, aber schaffte es nicht. - Sie halluzinierte hingegen und glaubte, dass sie eine Amazone vor sich hatte, die mit einer Art Bogen in die Schlacht zog!? - Wieder kam dieser Gickster aus ihrem Hals, den sie einfach nicht unterdrücken konnte. - Und sie rieb sich die Augen, da sie die kriegerische Erscheinung nicht für möglich hielt.

Anika ließ den „Bogen" wieder aufs Bett fallen. Sie stand erst unschlüssig da und zog sich dann aus, indem sie ihre Klamotten ungeschickt durchs Zimmer warf. Mit einem kleinen Schwung ließ sie sich nackt aufs Bett fallen, kicherte wieder und warf ihrer Jennifer eine Kusshand zu. Dann legte sie die Arme lässig zurück und blinzelte zu ihrer Freundin hoch.

Vom letzten Urlaub hatte sie noch eine nahtlose Restbräune, so dass ihr Körper makellos schien und so kontrastreich, zum weißen Laken, dass sie darüber ins Schwärmen geriet. - Anika wirkte auf sie, wie ein lüsternes Tier, das zu allem bereit war.
Das Dildo-Horn nahm sie erneut auf und balancierte es in ihren Händen. - Jennifer musste kichern - diese Anika war doch für jeden Spaß zu haben!

Dann kam sie wieder hoch, legte das „Horn" zur Seite und tippelte auf Jennifer zu: „Lass es **mich** machen, ja?!" - Anika knöpfte die Bluse ihrer Freundin auf, ganz langsam, Knopf für Knopf. Dann erblickte sie einen roten Spitzen-BH, den Jennifer für diesen Anlass angelegt hatte. - Auf Anika machte der mächtig Eindruck ...

„Oh, hübsch, steht dir außerordentlich! - Dann werde ich wohl erst einmal mit deinem Rock weitermachen. - So! - Jetzt deine Strümpfe und dein Spitzenhöschen ... runter damit! - Ah ... so gefällst du mir schon viel besser. - Uh, was sehen meine geblendeten Augen? (*Kicher!*) - Hast du extra für mich ein Herzchen in deine Schamhaare geschnitten ...? - Lass es mich küssen!" - Kaum hatte sie ihre Worte beendet, ging sie auf die Knie und umfasste die Schenkel ihrer Freundin. Mit dem Mund berührte sie das geformte Herz und küsste es noch ein weiteres Mal, sehr nachdrücklich. -
„Komm, setz dich aufs Bett!" - Anikas Stimme wurde leiser.

Ihre Freundin gehorchte. Sie setzte sich auf die Bettkante, stützte ihre Ellbogen auf und spreizte ihre Beine. Anika robbte vor, legte ihre Handflächen auf Jennifers Schenkel und vergrub ihr Haupt in ihren Schoß.

Nun wusste sie auch, warum sie ihre Freundin so gut riechen konnte - ein mild-süßer, fleischiger Geruch strömte aus ihrer Mitte. Anika küsste sie sanfter als noch zuvor und spielte dann mit ihrer Zunge, an den langen, dünnen Lippen, ihrer Vulva.

Sie merkte, dass es Jennifer gefiel, die ihr Geschlecht weiter zu ihr drängte, als ob sie nicht genug von ihrer Fürsorge kriegen konnte.

Mit der Zungenspitze fuhr Anika auch schon mal in ihre Möse und wartete ab, was es bei Jennifer auslöste. - Die stöhnte merklich auf und dehnte vor Lust ihren Rücken, so weit, wie sie nur konnte. Sie bebte und wusste, dass sie es nicht mehr lange so durchhalten konnte.

„Anika ... warte! Jetzt bin ich dran!"

Sie wechselten ihre Positionen. Vorher löste Jennifer noch ihren BH, der jetzt eher hinderlich wurde. - Und das gleiche Spiel wurde wieder aufgenommen.

Anika hatte sichelförmige Schamlippen, aber nicht weniger schön geformte ... und dieser Geruch!

Jennifer streckte ihre Hände über den Kopf und suchte nach den Brüsten ihrer Freundin, während sie vom feuchten Zungenspiel nicht abließ. - Anika keuchte laut auf und bibberte vor Lust. Ihre Freundin spürte, wie die Innenseiten ihrer Schenkel erzitterten.

„Oh, Jennifer, langsam - bitte ... sonst hast du mich

gleich!"

Beide machten eine Pause. Sie ruhten auf dem Bett für eine Weile, um ihre Gefühle auszuloten und um sie wieder in den Griff zu kriegen. Beide waren erhitzt von ihrem wilden Zungenspiel, was ja von Vorteil war, da sie noch etwas Größeres in Angriff nehmen wollten.

Anika atmete schwer. Jennifer konnte erahnen, was in ihr vorging. Und doch lag sie da, als ob sie kein Wässerchen trüben könnte ...
Unmerklich setzte sich Jennifer auf und griff nach dem Doppeldildo. Sie strich mit einem Ende an den Brüsten Anikas entlang, die wieder zu sich kam und sah, was ihre Freundin an ihr vollführte. Sie schloss aber wieder die Augen und ließ es sich gefallen.
Jennifer küsste ihre Nippel und saugte kräftig an ihnen. Erneut stöhnte Anika auf und bedeutete ihr, dass sie fortfahren solle. Mit dem „Bogen" glitt sie weiter an ihr hinunter, über ihre Rippen, zum Bauch hin und weiter über die feinen Härchen, die ihren Venushügel umflorten. Die heikle Distanz bis zu ihrer Möse bewältigte sie in Zeitlupe und als sie mit dem Horn ihre Scham berührte, bäumte sich Anika vor Erwartung auf. Sie wusste, dass es nun so weit war und dass, mit dieser Spielvariante, ein ganz anderes Kaliber zum Einsatz kam.

Jennifer strich und drückte an ihren Schamlippen und startete einen ersten Versuch. Vorsichtig schob sie das Ende hinein. Doch schnell merkte sie, dass da kein Widerstand -und also keine Vorsicht vonnöten war. Anika war feucht und heiß genug, dass sich ihre Höhle, wie von selbst, öffnete.

Ihre Freundin war erstaunt, wieweit sie den Dildo hineinbefördern konnte. Er glitt wie von selbst, rein und raus, und ohne, dass sich Jennifer groß bemühen musste.

Anika keuchte laut auf. Sie bebte mit allem, was ihr Körper zu bieten hatte.

Das wirkte jetzt wie eine Aufforderung. Jennifer hielt sich nicht länger zurück. Sie schwang sich auf ihre Partnerin und schob das noch freie Ende in ihre eigene Möse.

Was für ein Genuss! Der erste Schub ließ das Horn, fast bis zur Mitte hin, in ihr verschwinden. Der Impuls, der daraufhin in ihr triggerte, war überwältigend. Er füllte sie ganz aus und ließ sie fast zerschmelzen vor Glück.

Sie schob ihren Oberkörper weit vor, so dass ihre Titten -die von Anika berührten. Sie streckte sich noch weiter hoch, so dass ihre Knospen in ihren Haaren verschwanden und kurz darauf wieder zum Vorschein kamen, da sie sich erneut aufs Horn niederschwang, um dieses innere Glühen ein weiteres Mal zu erspüren.

Anika jaulte wie eine lüsterne Sklavin. Sie lag in einer Position, wo sie nichts weiter machen konnte, als *nur* die Fülle der Empfindungen in sich aufzunehmen und austoben zu lassen. Sie wimmerte Jennifer an, dass sie das Ding auch in ihr einmal bewegen solle, da sie die schlüpfrige Auslastung kaum noch ertragen konnte.

Dann versuchte sie es selber, griff nach unten, suchte die „Mitte" und hangelte damit so lange, bis sie es ein wenig vor und zurück bringen konnte. Es waren zwar nur Millimeter, die sie bewältigt hatte, doch gab es ihr einen so erregenden Schub, dass ein früher Orgasmus sie durchströmte.

Jennifer verlor langsam die Kontrolle. Sie versuchte zwar, ihrer Freundin durch schieben, oder pressen, deren Lust zu steigern, aber sie selbst war bereits so erhitzt und aufgegeilt, dass sie nichts mehr wirklich koordinieren konnte.
Sie ließ sich einfach gehen und wippte wie in Trance auf und ab. Sie schwang sich noch zwei, drei Male auf, spürte das Teil in ihr, wie es zurückwich und wieder vorpreschte und war nur selig aufgehoben dabei und mit ihrer glitschigen Höhle im Einklang.

Dann merkte sie aber doch, Schenkel an Schenkel mit ihrer Freundin, wie es unter ihr bebte und dass die Wellen der Lust Anika erfassten und überschwemmten.
Auch sie selbst konnte sich nicht länger zurückhalten. Ihre Partnerin wirkte wie ein Taktgeber ihrer eigenen Lüste und mit eine Mal explodierte es auch in ihr. Beide schrien und stöhnten im Chor. Es klang wie ein zügelloses, doch kräftig-kurzes Gewitter.

Diesmal waren sie zu zweit und Jennifer beteiligte Anika im Abarbeiten der Strichliste. Beide hatten gleiche Empfindungen erlebt und konnten sich für die selben Punkte begeistern. So konnten sie dem Dildo-Horn nur positive Seiten abgewinnen.

Spät war es geworden. Beide legten sich zurück aufs Bett und verbrachten die Nacht gemeinsam. Beide glaubten, dass das Horn immer noch in ihnen wütete, so einnehmend war ihr Spiel gewesen. - Dann schlummerten sie doch ein und hatten wilde Träume. - Träume von muskulösen Männern, die sie mit aufgerichteten Schwänzen verfolgten. Beide liefen, oder schwebten, mit wippenden Brüsten, über eine nicht enden wollende Wiese. Ihre nackten Füße glitten dabei über Blumen und glitschigem Tau.

Die nächsten Tage wollte Jennifer erst einmal pausieren mit ihrer Testreihe. Jedoch hielt sie nicht lange durch, da sie die Aufreihung auf der Fensterbank nicht groß verändert hatte und die Dinger sie richtiggehend provozierten, in ihrer schlichten und aufrechten Präsenz. - Und da ihr Freund sich noch nicht hatte wieder blicken lassen, seit ihrem ersten Dildo-Abenteuer, reizte es sie doch, auch ohne ihn, damit fortzufahren ...
Es kitzelte wieder im Unterleib, nachdem sie sich von dem Zweier, mit ihrer Freundin, erholt hatte. Es war ein neuer Morgen, ohne großes Tagwerk, oder Erledigungen. Und die Vorlesungen fanden erst am Nachmittag statt. Somit hatte sie viel freie Zeit und konnte sich auf sich selbst und ihre Vorstellung von Lust und deren Erfüllung einmal mehr einlassen.

Womit sollte sie weitermachen? Sie stand vorm Fenster und überflog die einzelnen Silikonständer von neuem - und mit der Qual der Wahl, eine Entscheidung zu treffen. Sie fand es lustig, wie viel Mühe sich doch die Produzenten und Designer gemacht hatten, um dieser alten „Gerätschaft" einen hippen und trendigen „Anstrich" zu verpassen. Sicherlich gab es einen Wettstreit unter ihnen, wer den formschönsten, geschmeidigsten und witzigsten seiner Art kreierte. - Sie hatte gelesen, dass selbst die alten Ägypter und Chinesen schon Dildos kannten - die einen formten sie aus Ton, die anderen aus Porzellan.

Heutzutage fanden viele Materialien Verwendung, vom besagten Silikon, über Glas, bis hin zu Edelstahl. - Ein Glasdildo stand hier ebenfalls, doch sie hatte, gelinde gesagt, einen gehörigen Respekt vor Glas und der Zerbrechlichkeit des Materials, selbst, wenn dieses Ding dort einen recht robusten Eindruck machte.

Doch dann fesselte etwas anderes ihren Blick. Draußen, nah am Gartenzaun, flanierte ein Pärchen über den Gehweg, und wie es schien, ganz in Liebe verbunden. - Auch stoppte es kurz, um sich fest in die Augen zu schauen und um sich innig zu küssen. Dann schritten sie weiter, bis Jennifer sie aus den Augen verlor.

Am liebsten wäre sie ihnen hinterhergelaufen, nur um zu sehen, wie weit diese Innigkeit sie wohl noch getragen hätte. - Wie oft wurde aus Liebe Hass und aus gut gemeinten Worten Unterstellungen. - Verfolgten sie ein Ziel, gingen sie bloß spazieren, oder suchten sie ein Hotel auf, um sich zu vergnügen? - Vielleicht hatten beide eine feste Beziehung und dies war nur ein schnelles Abenteuer, eine Verabredung per Handy oder Internet? - Ob sie auch ein Sex-Spielzeug dabei hatten, um neue Wege einzuschlagen, oder, um dem Quickie noch mehr Würze zu verleihen? - Sie würde es nie erfahren.

Sei´s drum. Vielleicht ein guter Einstieg, mit der nötigen Fantasie, sich einen Partner beim Sexspiel vorzustellen.
Ihr Blick ging zurück und heftete sich an ein besonderes Stück Design. Es hatte eine lustige Form, wie eine schiefe Steinschleuder - ein Pin war kürzer und dünner - der andere dicker und länger.

Laut Broschüre konnte man damit gleich zwei Stellen auf einmal befriedigen. Ihre Vulva würde es ihr in jedem Fall danken!

Sie tippelte zurück aufs Bett, legte sich auf den Rücken und zog die Beine hoch und weit auseinander. - Das Teil war wie ein künstlicher Kaktus, mit Noppen darauf und das kleinere Stückchen daran sah aus, wie ein neuer Austrieb, der noch wachsen wollte.

Sie schloss die Augen und dachte dann doch an das Pärchen vorm Gartenzaun. - Es würde in ein Hotel einchecken und sich sputen, ins Zimmer zu kommen. Sie würden sich die Kleider vom Leib reißen und sich aufs Bett, oder auf den Teppich werfen. Sie würden sich herzen und küssen. Sie würden sich ineinander verkrallen und weiter abküssen und bis ins Intimste vordringen - so weit dringen, dass sie sich wiegten, pressten und kopulierten, wie in einem Rausch. -
Jennifer hatte den Dildo geschickt in die richtige Position gebracht und hineinbefördert. - Sie dachte dabei an das Liebespaar, wie sie sich Haut an Haut begegneten und sich austobten - ganz im Geheimen. -
Ihre Hand schien fremdgesteuert und sie konnte nicht anders, als das Ding immer nur vor- und zurückzuschieben, ganz so, wie sie dachte, dass es auch dem Liebespaar erginge. Da gab es kein Halten, es musste schnell vonstatten gehen, die Gelegenheit käme vielleicht so schnell nicht wieder - und ... und ... -

Jennifer merkte, wie das „Zünglein an der Waage" ihre Klitoris stimulierte, immer dann, wenn sie das dickere Ende weit genug hineingetrieben hatte. Sie hörte sich keuchen und dachte doch, dass es vielleicht einer der Liebenden wäre, der von seinem Partner zum Äußersten getrieben wurde. - Schließlich presste sie nur noch das Ding, anhaltend tief hinein, machte ein paar kleine kreisende Bewegungen um ihren Kitzler, mit dem *Zünglein*, so dass der lüsterne Saft nur so herausströmte und ihre Schenkel benetzte.

Das war ihr Impuls, die Hand zitterte ihr und mit einem Schrei der Lust kamen die Stoßwellen über sie und hielten den Dildo, einmal mehr, saugend in ihrer Höhle. -

Sicherlich ging es dem Pärchen ähnlich - beim Stelldichein, wo alles noch neu und ungewohnt war und wo die Begierde einen *jungfräulichen* Nerv bediente.

Jennifer fühlte sich selig. Sie ließ sich noch ein Bad ein und genoss die schlüpfrige Wärme um ihren Körper. - Der Badeschaum fabrizierte feine Bläschen auf ihren Schenkeln. Ebenso auf ihrer Vulva - bedeckt mit einem Hügel aus flockigem Weiß - wenn sie ihr Becken ein wenig aus dem Wasser hob. - Sie genoss es noch eine Weile, machte kleine Wellen mit ihren Füßen, schäumte sich weiter ein und ließ ihren Gedanken freien Lauf.

Kurz nach Mittag trieb sie sich auf dem Uni-Gelände herum und suchte ihre Freundin Anika.

Als sie sie nicht finden konnte, ging sie allein in den Hörsaal und schob sich in das dichte Gedränge der anderen Kommilitonen. Sie langte in ihre Tasche und beförderte ihr Lehrbuch und den zerfledderten Block ans Tageslicht, in dem sie immer ihre Notizen machte. - Sie musste schmunzeln als sie bemerkte, dass ein pinkes Etwas, aus dem

Dunkel ihrer tiefen Tasche, hervorlugte.

Ihr Prof. versuchte immer wie ein Kumpel rüberzukommen. Aber es gelang ihm nicht immer, wenn er während seines Vortrags meinte, einen schlüpfrigen Witz mit einstreuen zu müssen. - Die Lacher hielten sich in Grenzen und die darauffolgende, kurzzeitige Stille im Saal wirkte peinlich und machte es auch nicht besser.
Ein paar Reihen unter ihr, entdecke sie Fabian, einen Freund und ehemaligen WG Genossen. Sie hatten mal was miteinander, vor ihrem Auszug, bevor sie ihre eigene Bude mieten konnte und nicht weiter das Durcheinander und die dreckigen Geschirrtürme in der Küche ertragen musste.

Jetzt, mit einem gewissen Abstand, war sie freudig überrascht, da sie ihn gar nicht mehr auf dem Schirm gehabt hatte. Sie erinnerte sich an die Zeit in der WG, in der nicht alles schlecht war, vor allem der Sex mit ihm, blieb ihr lange im Gedächtnis.
Nach der Vorlesung wartete sie noch eine Weile, bis die anderen ihre Plätze verlassen hatten und es übersichtlicher wurde. Sie bewegte sich dann ebenfalls in Richtung Ausgang, ohne allerdings ihren alten Freund aus den Augen zu lassen. Sie wollte ihn, im passenden Moment, anquatschen.

„Ah, hi Fabi, lange nicht mehr gesehen!", vor ihm tat sie überrascht.

„Oh, Jenni, was für ein Zufall – ich dachte du wolltest den Studienplatz wechseln?", seine Augen leuchteten wie immer, wenn er sie sah und sein Blick verriet, dass er noch für sie schwärmte.

„Nee, das hat sich zerschlagen - nicht weiter schlimm, langsam kann ich *dem hier* schon etwas abgewinnen …"

Beide hatten weiter nichts vor und trotteten ins nächstbeste Café. Sie redeten über alte Zeiten und zogen über die Zimmergenossen her, die es nicht lange mit ihnen, unterm selben Dach, ausgehalten hatten. - Jennifer erzählte von ihrer neuen Bude, in der sie nun schon über ein Jahr wohnte.
Eins kam zum anderen und es dauerte nicht lang und sie nahm sich *ihren* Fabi mit nach Hause. - Irgendwie fand sie ihn plötzlich lockerer und witziger, als ihren Noch-Freund Mark, der sicherlich noch eine andere am Laufen hatte - warum sollte er sonst nicht mit ihr morgens aufwachen wollen …?!

Zurück in ihrer Bude stießen sie per Zufall aneinander - oder war es doch kein Zufall? Egal! Nachdem sie sich lange in die Augen geschaut hatten, flogen ihre Schuhe durch die Luft, die Hemden und Hosen wirbelten ebenfalls umher und landeten achtlos auf dem Boden, nebst der Unterwäsche, die sie nicht schnell genug vom Leib reißen konnten …
Dann trippelten sie splitternackt ins Schlafzimmer. Fabian hechtete aufs Bett, grinste ihr zu und wartete auf *seine* Jenni. Er machte seine Beine breit und lud sie ein, mit einem „Fingerzeig" seines Schwanzes, der sich geil auftürmte und seine Gespielin erwartete.

Sie schien aber noch unschlüssig für den Moment, da sie ihren Auftrag, selbst in dieser *angespannten* Situation, nicht vergessen hatte.

Mit einer ausladenden Geste machte sie ihn auf etwas aufmerksam, dass auf der Fensterbank ruhte: „He, Fabi, ist dir noch nicht die Galerie der schönen Dildos dort aufgefallen? - Wie wär´s, sollen wir nicht einen davon an unserem Spiel teilhaben lassen?"

Fabian grinste jetzt so sehr, dass seine Mundwinkel in ungeahnte Höhen schossen: „Oh, Mann! - Warst du früher auch schon so drauf, Jenni ... kann mich gar nicht daran erinnern ...!?"

Jennifer wusste, dass er sie aufzog. In der WG liefen noch ganz andere Sachen ab, die sie besser jetzt nicht hervorkramen wollte ... Stattdessen zeigte sie ihm einen schmalen, aufrechten Stift, mit einem flachen, runden Sockel, der, mit viel Fantasie, an einen Schnuller erinnerte.

„Was willst du denn damit machen?" - Sein Schwanz bekam einen kleinen Dämpfer.

Natürlich wusste er ganz genau, was sie damit vor hatte. Aber, dafür liebte sie ihn, dass er immer schon, ohne Bedenken, sich auf alles einließ, was Jennifer an ihm ausprobieren wollte. - Ein Ereignis von damals, hatte sie dabei im Sinn, als ihr dieser Fabi, im Überschwang, den seinen in ihren Arsch stecken wollte ... Dies hatte sie noch einmal verhindern können.

„Kannst du noch eine Minute warten, ich hol die Tube mit dem Gleitgel. Schließlich soll doch alles schön flutschen!", kaum hatte sie dies mit erregter Stimme kundgetan, verschwand sie kurz darauf im Bad und holte das besagte Mittelchen.

„So, mein Lieber. Sicher möchtest du, dass ich dir einen blase, das kann ich gerne tun, nur würde ich diesen *Stöpsel* gerne einmal an dir ausprobieren. - Lass mich dich schön eincremen, damit es dir rundum an nichts fehlt … Ich weiß doch, wie gerne du es an mir hattest ausprobieren wollen!", sie grinste ihn einschmeichelnd an.

Fabian streckte, wie auf ein Zeichen, seinen Unterleib vor und zog die Beine an, so dass sie freien Zugang zu seiner Rosette hatte. - „Dass du dich daran noch erinnerst!?", kam es von Fabian. - Zuerst war es etwas kühl, aber die Erregung tat ihr Übriges, um ihn bei Laune zu halten.
Sein Schwanz bekam jedenfalls genug Impulse, um sich aufrecht zu halten. Er schaute ihr amüsiert und etwas fremdelnd zu, wie sie es fachmännisch durchzog und dabei noch möglichst sanft agierte. - Dann tauchte sie noch ihren Mittelfinger ins Gel und führte ihn mit Bedacht hinein - und immer weiter und tiefer, wenn sie spürte, dass er sich mehr öffnete.

Ihm war erst komisch zumute, dass sie wirklich ernst damit machte. Schließlich fand er es doch ganz erregend, da sie so fürsorglich mit ihm war. - Dann konnte er nicht anders, als ihre Nippel zwischen seine Finger zu nehmen und sie vor geiler Erwartung zu kneifen. Jennifer bog sich vor, damit er noch besser an ihre Titten kommen konnte.

Den kleinen Dildo ließ sie um seine cremige Rosette

kreisen, bis sie nicht anders konnte, als ihn hineinzutreiben. - Fabian keuchte und zuckte zusammen.
Sie spielte dann mit dem Stöpsel, um *ihren Fabi* auf Trab zu bringen. - Sein Schwanz jedenfalls zuckte auf und ab, je nachdem, wie sie den Stift da unten bewegte.

Jetzt folgte ihr Part. - Jennifer beugte sich hinunter, leckte vorsichtig an seiner Eichel, umkreiste und küsste sie und zog ihre Zunge an seinem Schaft entlang. Zur Antwort zitterte sein Glied, bei ihrem Tun und freute sich bereits, von ihr „verschlungen" zu werden. - Ihr Mund umschloss ihn nun ganz, nahm ihn vollkommen auf, bis zur Basis - so, wie er es sich wohl zuerst gewünscht hatte.

Ihr alter Freund hatte seine Hände immer noch an ihren Brüsten und ließ auch nicht ab davon, solange sie mit seinem guten Stück beschäftigt war und ihn ablutschte.
Sein Massieren und sein strammes Stück ließen Jennifer ins Schwärmen geraten. Wie in Trance, saugte und zog sie an seinem Schaft, immer wieder und mit größter Hingabe.

Ihre Nerven lagen blank, den Dildo ließ sie jetzt *links liegen* und konzentrierte sich lieber voll auf sein gutes Stück. - Ihre Gefühle galoppierten mit ihr davon.
Mit dem Schwanz im Mund und seinen geschickten Händen, trieben die lüsternen Impulse durch ihren Körper und schickten unentwegt Begehrlichkeiten in ihre Möse. - Dann nahm sie noch ihre Hand zur Hilfe und bearbeitete seinen Schwanz weiter - rauf und runter - rauf und runter …

Fabian hob seinen Hintern, damit sie merkte, wie es ihm

gefiel. Dann hielt sie inne, rutschte noch etwas höher und steckte endlich seinen Schwanz in ihre feucht-heiße Höhle.
Beide stöhnten laut auf, wie in einem Kampfgetümmel. Weder Raum noch Zeit konnten sie ablenken. Sie steuerten auf einen Höhepunkt zu, den sie schon oft gemeinsam erstritten hatten, aber noch nie so aufwühlend empfanden.
Der Abgang war rauschhaft und wie eine pulsierende Einheit, die nur zwei erleben konnten, die auf der gleichen Welle schwammen.

Fabian guckte sie schräg an, für einen kurzen Moment, als sie ihm sagte, dass der Stöpsel zu einer Versuchsanordnung gehörte, die sie abzuarbeiten hatte.
Hier konnte er nun selbst seinen Senf dazugeben und seine Gefühle und Empfindungen auf der besagten Liste hinterlassen.
Er musste zugeben, dass er von Jennifer und dem Ganzen vollauf begeistert war und gar nicht abwarten konnte, weitere Versuche mit ihr umzusetzen.

Jennifer dankte es ihm, indem sie gegen Morgen einen noch unangetasteten Lustspender fröhlich mit ihm durchzog.

Die, die noch auf der Fensterbank jungfräulich verharrten, kamen nach und nach auch noch zum Zuge, so dass sie viel schneller damit durch war, als sie es am Anfang vermutet hätte.

Stolz brachte sie ihren Karton zurück und war eine der ersten Probanden, die mit der Testreihe durch war.
Niemand glaubte allerdings wirklich, dass sie alle in

dieser kurzen Zeit hatte ausprobieren können. - Natürlich konnte keiner der Designer nur ahnen, was ihre Fabrikate zu bewerkstelligen im Stande waren ...

Jennifer nahm ihren Obolus in Empfang und wollte nichts weiter dazu ausführen, sollten sie doch denken was sie wollten!

Nur sie wusste, was jedes einzelne dieser Teile bei ihr bewirkte und mit ihr und ihren Lovern machte. - Dies bewahrte sie im Innersten und das konnte ihr niemand mehr nehmen.

2.

Häuslicher Dienst

Der Nachmittag wollte nicht enden und manchmal schien alles gegen einen zu laufen. Hauser hatte die anberaumte Sitzung völlig vergessen, an der er noch teilzunehmen hatte. Dies durchkreuzte seine privaten Pläne, die er, wohl oder übel, auf später verschieben musste. Als er sich endlich loseisen konnte, hielt er unterwegs kurz an und besorgte Blumen, Zigaretten (-Marions Sorte) und eine Flasche Schampus -und Aperol. Mit diesen Präsenten wollte er das wartende Personal, für ihre zu leistenden Gefälligkeiten, milder und zugänglicher stimmen.

Vor Ort fand die alljährliche Kirmes statt und seine Hausdame Marion hatte ihm versprochen, Mandeln und anderes Naschwerk mitzubringen. - Sie hatte noch ihre alte Freundin Vanessa im Schlepptau, mit der sie die Erinnerungen aus Kindertagen wieder aufleben lassen wollte.

Nach den anhaltenden Regentagen war es endlich mal wieder trocken und die Sonne zeigte sich am Himmel. - Wie vorteilhaft für die Schausteller. - So kamen die Leute in Scharen.
Das Gedränge und Geschubse, die süßen und herben Gerüche, das Stimmengewirr, der Maschinensound vom Drehen, Kippen, Schwingen und Kreiseln der Karussells, der Geister- und Achterbahn ... machte beide Freundinnen fast besinnungslos und alles war wieder real vor Augen und ließ sie körperlich ein Stück Vergangenheit durch-

leben.
Es gab immer noch diese skurrilen Typen, die wie einst, mit ihrer blöden Anmache, die Festivitäten nach *Frischfleisch* durchschritten; und dass die Mädchen und jungen Frauen nie allein die Kirmes betraten, sondern lieber zu zweien, oder in sicheren Grüppchen, über die Amüsiermeile liefen.

Auch, wenn die wiederkehrenden Ansagen der Losverkäufer - von lauter Musik übertönt - sie dann doch nervten, konnten sie sich von der vergnüglichen Atmosphäre anstecken lassen und das vermeintlich Aufregende genießen. Am Ende waren sie wohlig erschöpft und auch geblendet von all dem Trubel, obgleich sie seit Jahren nichts mehr davon wissen wollten.

Marion und Vanessa waren einst ein wildes Gespann. Schon als Kinder hockten sie nach der Schule beieinander, machten ihre Hausaufgaben und teilten erste, kleine Geheimnisse. - Selbst als Jungs ins Spiel kamen, blieben sie unerschütterlich in ihrer beider Zuneigung. Ja, sie tauschten ihre harmlosen Liebschaften schon mal untereinander, wenn die eine ihren allzu dreisten Heißsporn loswerden wollte.
Bevor sie später dann unterschiedliche Wege beschritten, kam es unverhofft zu einem veritablen Dreier. - Ein williger, etwas älterer Schönling, der beiden zugetan war, ließ sich darauf ein. Beide fanden ihn sexy und keine wollte der anderen den Vorrang lassen.
Ohne Vorbehalte, im Überschwang der Gefühle, teilten und genossen sie diese kurze Affäre. - Ihr Auserwählter erschien ihnen als ein hübsches, agiles *Spielzeug*, das wie

geschaffen war für ihre wachsende Leidenschaft und Abenteuerlust.
Für Jahre verloren sie sich dann aus den Augen und doch mussten sie immer mal wieder an diesen Dreier zurückdenken - der vorm inneren Auge waberte - und der ihnen als ein Highlight ihrer sexuellen Erfahrungen im Gedächtnis blieb.

Den Rest des Nachmittags verbrachten sie in ihrem alten Stammcafé. Marion erzählte Vanessa von ihrem neuen Job als Hausdame, bei einem gut betuchten Versicherungsangestellten, der sie für gewisse Sonderdienste extra bezahlte.

„Gewisse Sonderdienste, wie soll ich das denn verstehn?" - Das machte Vanessa gleich neugierig und sie wollte mehr darüber erfahren, und was dabei so an *Extras* abfiel.

Ihre Freundin wollte erst nichts darüber preisgeben, da sie es als etwas zu Intimes und Eigenes betrachtete. Doch die lockere Unterhaltung machte sie unbekümmerter und auch redseliger. Bei der einen oder anderen Frage ließ sie sich dann doch hinreißen und verriet Vanessa ein paar Einzelheiten, die sie mit ihrem Hausherrn anzustellen -und zu durchleben hatte. Dies ließ ihre Freundin aufhorchen.
Beide kannten sich zu gut und wussten, was das alles wieder in ihnen auslösen konnte.
Marion beobachtete fasziniert, wie sich die Mimik ihrer Freundin allmählich wandelte, wie sie große Augen bekam, angesichts mancher intimer Details - und wie sie dabei aufgeregt an ihren Haaren zupfte.

- Kurz nachdem Hauser von der Sitzung erfahren hatte, die ihn noch ein paar Stunden aufhalten sollte, rief ihn seine Hausdame Marion an. Sie schilderte ihm ihr Treffen mit der alten Freundin und fragte ihn aufgeregt - wie um ihre Dreistigkeit zu entschuldigen - ob er sich mit einer zweiten Gespielin, für heute Abend, anfreunden könne?
Hauser dachte kurz darüber nach und erklärte sich dann damit einverstanden. Nur sollte sich Marion schon einmal darüber Gedanken machen, wie sie sie in diese *Dienstrunde* einbauen wollte, so dass es allen zugute käme ...

Mit gleich zwei Frauen an diesem Abend hatte er nun nicht gerechnet. Er versuchte sich ein Bild von jener *alten Freundin* zu machen und verlor sich in lüsternen Fantasien. Eine unbestimmte Wärme schien sich in seinem Innern auszubreiten. -

Als er endlich Zuhause eintraf, stieg ihm gleich ein Mandelgeruch in die Nase - ja, überall im Haus schien dieser brandig-nussige Geruch sich eingenistet zu haben. Dies versöhnte ihn für manches, was zuvor noch als erzwungene Verzögerung daherkam. So konnte der Abend entspannt beginnen, und die Vorfreude war auf des Hausherren Gesicht deutlich abzulesen.

Marion saß lässig auf dem Sofa und nahm jenes - von Hauser kreierte - Getränk, mit einer dankbar-lässigen Geste, entgegen. Sie hatte nur einen flauschigen Bademantel übergestreift und kaum damit ihre Blöße bedeckt.
Absichtlich oder nicht: hin und wieder glitten die Seiten des Mantels auseinander, so dass ihre großen Brüste und

ihre glatten Schenkel hervorlugten. Es war wie ein erstes Zeichen einer lasziven Bereitschaft.

Hauser liebte Marions Lächeln und ihre Offenherzigkeit, mit der sie ihm begegnete. Das erwärmte seine Sinne und ließ ihn endgültig den Alltag vergessen. Dann ging auch seine Atmung ruhiger vonstatten und er konnte sich, ohne kitschige Hintergedanken, sofort aufgehoben fühlen. -

Dann stutzte er kurz, denn über seine Cocktail-Darreichung hätte er fast Marions Freundin übersehen, die splitternackt im Hintergrund agierte. Auf allen vieren schrubbte sie den Fußboden mit einer großen Bürste.

Die schlüpfrige Idee von Marion hatte Vanessa sofort aufgegriffen. Es war eines von Hausers *Schwächen*, auf schöne Ärsche abzufahren. - Es sollte mit dieser simplen Putzeinlage beginnen, um seine Aufmerksamkeit zu bannen.

Erst wirkte ihre „Arbeit" wie auf verlorenem Posten, da sie noch in einer guten Entfernung - und am anderen Ende des Zimmers - mit dieser Tätigkeit begonnen hatte und sich nicht sicher sein konnte, ob der Hausherr sie überhaupt wahrnahm.
Vanessa ließ sich aber nichts anmerken. Sie war zwar nervös und in ihrer Rolle noch etwas unsicher, doch sie tat ihr Bestes, sich in Szene zu setzen. Sie robbte etwas näher heran, immer mit dem Hintern voran und darauf bedacht, ihre runden Formen auch genüsslich vor ihm kreisen und wibbeln zu lassen.
Nur einmal, am Beginn ihrer Putzaktion, blickte sie sich kurz nach ihm um, damit sie sein Gesicht einmal fest-

halten konnte und sie nicht ganz ahnungslos vor diesem Fremden, ihre Verrenkungen vollführte.

Marion sah gleich, wie diese Vanessa Hauser anmachte. Er konnte kaum seinen Blick von ihr wenden. Sie empfand es als fast peinlich für ihn, wie er sich so ungeniert zeigte, mit halb geöffnetem Mund und einem Blick, der vollkommen starr und im Glotzen verharrte.
Doch dann änderte sich allmählich Hausers Haltung und seine Aufmerksamkeit wurde wieder für anderes empfänglicher.
Nur dieses übertriebene Putzgeräusch nervte mit der Zeit so sehr, dass die schöne Mandelstimmung fast zu kippen drohte.

„Es ist nun gut, Vanessa, lass ab vom Schrubben. Ruh dich jetzt aus und bleib da, wo du bist und auch weiterhin auf allen vieren, bis ich dich wieder anspreche - falls du damit einverstanden bist?!" - Dieser kleine Halbsatz am Ende brachte Vanessa in Zugzwang.

„Ja, kein Problem, ich warte, bis ich weitere Anweisungen erhalte."

Marion war nicht wenig erstaunt, dies aus dem Munde ihrer Freundin zu hören. Sie wusste genau, dass sie normalerweise jedem, der sich so vor ihr gebärdete, eine möglichst schroffe Abfuhr erteilte. Nun ja, hier war die Situation wohl eine andere. - Was so ein paar *extra* Vergütungen so alles mit einem machen konnte …

Hauser zog sich aus und gesellte sich zu Marion, die be-

reits sehnlichst auf ihn wartete. (Den ganzen Spätnachmittag und den angefangenen Abend dazu!)
Er sollte seine Blicke vor allem ihr zuwenden, seiner *ersten* Hausdame - und nicht ins Starren und Glotzen verfallen, nur, weil sie mal einen Gast mitbrachte, der mit seinem Hinterteil beeindrucken wollte ...
Sie genehmigte sich noch einen Schluck vom Aperol, reichte Hauser die Schale mit den gebrannten Mandeln und versank dann, einmal mehr, gedankenverloren in den Kissen.
Der Schampus-Mix tat ihr wohl. Ein freches Prickeln rann durch ihre Kehle und ließ sie alles Äußere wacher wahrnehmen.
Sie fühlte sich geborgen neben ihrem Hausherrn. Ihr blieb natürlich nicht verborgen, dass Hausers Schwanz schon eine üppige Größe erlangt hatte: – 'Was so ein blanker Hintern nicht alles auszulösen vermochte!'.
Sein Gemächt war wie ein unwiderstehliches Signal, das nach Aufmerksamkeit heischte. Bei ihr bediente *es* den richtigen Trigger. - Dies war Marions *Schwäche:* einem erigierten Penis konnte sie ihrerseits nicht widerstehen.

Mehr Anstoß brauchte es nicht. Nach einem geilen Blick auf Hauser schnellte sie vor, machte eine Faust um seinen Schaft und drückte ihn anhaltend - ganz so, als ob sie seinen Blutstrom ertasten wollte. Doch dann wurde ihre Hand gnädiger. Sie lockerte ihren Griff und wichste den Aufrechten mit gebotener Hingabe. - Dabei glänzte seine Eichel - *im rechten Moment* - wie das Auge eines Leuchtturms. Dies stete, intime Bewegungsspiel erregte Marion über die Maßen und so konnte sie ihre Begierde nach mehr kaum noch zurückhalten.

Hauser genoss ihren Diensteifer, schloss auch kurz die Augen, damit er ihre Zuwendung intensiver nachspüren konnte. - Doch hielt er es nicht lange durch, da seine Neugier und sein Kontrollinstinkt größer war, als seine genießerische Einlassung.
Er wollte doch einmal nachsehen, ob diese Vanessa wirklich seinem - nun ja - Befehl … auf die Dauer Folge leistete. So stand er dann etwas abrupt auf und wendete sich erneut Vanessa zu. - Der verdutzten Marion warf er noch einen innigen Handkuss zu.

Tatsächlich war Vanessa noch an ihrem Platz und harrte dort am Boden stoisch aus. Sie wartete auf ein Zeichen, auf eine neue Ansage von ihm. Dabei lief ihr eine, nie gekannte, Vorfreude durch alle Glieder. - Die Erinnerung ließ sie schwelgen. Sie dachte an den längst verblassten Dreier, ihr Miteinander auf der Kirmes, an Marions unerhörten Beschreibungen und deren ungehemmten Spielfreude … und an alles, was noch daraus entstehen konnte.

Eine Tatsache hatte sie die ganze Zeit nicht loswerden können: dass sie unter Beobachtung stand und dass ihr nackter Körper dabei begutachtet wurde. Sie wusste um ihre verführerischen Kurven und empfand einen gewissen Stolz, diese nun endlich einmal zur Schau stellen zu dürfen. Dabei schossen ihr die merkwürdigsten Bilder durch den Kopf und sie konnte es kaum noch erwarten, dass es weiterginge.

Hauser setzte dem Warten ein Ende. Dabei fiel ihm ein neues Spiel ein, welches er mit beiden Frauen einmal ausprobieren wollte.

„Ich hab mir eine schöne Variante ausgedacht, die euch beiden sicherlich gefallen wird, da bin ich mir sicher! - Unser Gast, Vanessa, den Marion freundlicherweise mitgebracht hat, kann ihre Position verlassen und näher ranrobben. Hier, auf dem weichen Teppich, kann sie haltmachen! - Und Marion, warum leistest du deiner Freundin dort unten nicht Gesellschaft?! Gerne würde ich euch beide als Pärchen in Augenschein nehmen - da brauchst du dann auch den Bademantel nicht mehr, Marion!"

Seinen Anweisungen folgten beide Frauen aufs Wort, da sie sich nun einmal soweit damit einverstanden erklärt hatten, ihm die Spielführung zu überlassen.
Es gab ein schönes Bild, wie die beiden Grazien so nebeneinander, auf allen vieren hockend, sich darboten. Sie versuchten ihre Hinterteile ins rechte Licht zu rücken - jede, wie sie es nur konnte. Sie wollten ihn weiter anmachen und aus der Reserve locken.

„Ja, das ergibt ein schönes Bild, so brav und unschuldig nebeneinander. Da ist ein Hintern schöner als der andere! - Bleibt so, oder besser ... wendet euch doch zueinander und küsst euch einmal innig, das würde meine Geilheit noch weiter beflügeln!"

Die beiden Frauen schauten sich erst neutral an und neigten dann doch ihre Häupter und Blicke gefälliger einander zu. Schließlich berührten sich ihre Lippen. Der erste Kuss war mädchenhaft schüchtern - ja, so verhalten, als ob sie sich dieser Intimität erst vorsichtig annähern müssten. Ihre Wangen erröteten, doch mehr und mehr fanden sie Gefallen daran. Ihre warmen Küsse waren wie ein Ansporn Grenzen zu überschreiten. Es schürte ihr Verlangen nach mehr. Bald gebärdeten sie sich noch hemmungsloser und mit züngelnden Einlassungen.

Hausers Blick wurde sanfter. Ihre prallen Ärsche entfernten sich während der Intimitäten ein wenig voneinander und so wähnte er sich bereits kniend zwischen ihnen - und wohl auch mit seinen Händen auf ihren Rundungen. Sein Schwanz jedenfalls hüpfte vor Verlangen.

Zwei Mandeln entnahm er der Schale und ging damit langsam auf beide zu. Er wollte doch zu gerne austesten, wie diese Nüsse, ummantelt mit ihren Mösensekreten, wohl schmecken würden.

„Wundert euch nicht, wenn ich gleich diese Mandeln nehme und in eure süßen Spalten verschwinden lasse!"

Die Freundinnen schauten einander mit großen Augen an. Dann drehten sie kurz ihre Häupter in Hausers Richtung und grinsten ihn erwartungsvoll an. - Was ließ er sich wohl sonst noch alles einfallen!?

Mit einer durchaus erfahrenen Handbewegung bugsierte er die angesprochenen Mandeln in ihre Mösen. -
Bei Vanessa musste er allerdings einen zweiten Versuch starten, da das Ding flugs wieder hinaustrieb, sobald er seinen Finger wegnahm. Anscheinend war sie schon recht feucht dort unten, so dass er die süße Versuchung noch

tiefer hineinbefördern musste.

Als alles erledigt war, konnte er dem Impuls nicht widerstehen, die beiden formschönen *Einschübe* mit seinen Fingern nachzuzeichnen.

Beide zuckten unter seinen sachten Berührungen und er konnte erspüren, dass die Schwellkörper zu ihm drängten. - Später würde er jede einzelne Mandel auf die Geschmacksveränderung hin überprüfen.

Die beiden Damen konnten ein leichtes Kichern nicht unterdrücken, als Hauser mit mehr oder weniger Geschick versuchte, seine Idee, einer schlüpfrigen Verkostung, auf den Weg zu bringen. Der gebrannte Fremdkörper erzeugte eine mächtige Vorahnung in ihnen, doch seine Fingergesten drumherum beruhigten sie auch gleichzeitig.

Mit einem fixierenden Blick kniete Hauser vor Marions rosiger Klit nieder und leckte und schleckte an ihr ausgiebig. Dies tat er sehr achtsam und zuvorkommend.

Nicht allzu lang - wie konnte es anders sein - da flutschte ihm die Mandel auch schon in seinen Mund.

Dieser erste Versuch beschied ihm eine ganz seltene Nussnote, die er vordem so noch nicht verkostet hatte.

Zum Schluss gab er Marion noch einen schmatzenden Mösenkuss und wendete sich dann Vanessa zu.

Mit verstohlenen Blicken hatte diese bereits seine Aktivitäten an Marion verfolgt. Ein Blick von Hauser genügte, um wahrzunehmen, dass sie vor lauter Vorfreude auf seine Zunge, schon einiges an Flüssigkeit produziert hatte. So musste er nur noch die Mandel herausangeln, damit auch diese seinem Test nicht entging.

Eine ganze Menge feuchten Sekrets lief ihm dabei am Kinn hinunter. Seine Zunge musste er weit hineinschieben, damit er die Mandel heraussaugen konnte. Diese war nun etwas bitterer als die erste, aber ebenso ein Gaumenschmaus - etwas für wahre Genießer!

Sein langes Saugen und Züngeln, nach der einen Mandel, versetzte Vanessa in ungeahnte Wallungen. Es ließ ihren Unterleib erzittern und ihre Brüste anschwellen.
Sie befand sich in einem fremden Haus, wurde von einem unbekannten Kerl begafft, befehligt -und auch noch dazu intim angegangen. Noch nie hatte sie etwas Derartiges durchlebt.
Erst verstand sie ihre Gefühle nicht und dass es sie so stark erregte, doch dann schien es ihr nur zwangsläufig, dass sie sexuell so befeuert wurde. - Vor allem, diese Warterei auf dem harten Fußboden, hatte sie bereits in eine seltsame Stimmung rutschen lassen. So ausgeliefert zu sein, nackt und schutzlos, vor ihrer alten Freundin Marion und diesem geilen Hausherrn ... das machte sie alles unglaublich an.
Und jetzt, nach seiner intimen Anmache, lief das Fass fast über und es fehlte nicht mehr viel und sie wäre vor beiden schreiend gekommen.
Er sollte sie endlich nehmen. Sie sehnte sich nach seinem Schwanz, nur wusste sie nicht, wie sie es ihm auf die Schnelle begreiflich machen sollte.

Sie war mächtig geladen und würde *es*, nach seiner Vermutung, nicht mehr lange zurückhalten können. Hauser nutzte ihre Erregung ohne Umschweife. Er packte Vanessa bei den Hüften und trieb seinen Schwanz in ihre feuchte

Höhle. Beim ersten Eindringen stöhnte sie sofort laut auf. Der ganze Raum bebte von ihrem ungehemmten Lustgeschrei.
Nur kurz klatschten ihre lüsternen Körper aneinander und nach ein paar heftigen Stößen zuckte Vanessas Möse merklich-taktvoll um Hausers Schwanz.

Ihr lautes Gestöhne ließ dann schnell nach und bald darauf verstummte sie vollends. Ihre wilde Geilheit lieferte nur ein kurzes Intermezzo. Fürs Erste gab sie sich *geschlagen*.
Im Nachhinein wäre sie fast auf den Teppich gesunken, da sie von der langen Anspannung und der - gleich darauf folgenden Entspannung - ganz ausgelaugt zurückgelassen wurde. Ihre Kräfte schienen zu schwinden. Doch, kurz nach ihrem Beben, fing sie sich dann doch wieder und verharrte weiterhin in ihrer formidablen Stellung. -
Sie brauchte eine kurze Pause.

Das kleine Zwischenspiel mit Vanessa gab Hauser den ersehnten Kick. Es war wie ein Vorspiel der besonderen Art. Sein Schwanz hatte gerade erst begonnen sich ausgelassen und wohlig zu fühlen …

Marion musste also nicht allzu lang warten. Und ein wenig amüsierte es sie, dass ihre Freundin nicht anders konnte, als ihre angespannte Lust laut herauszuschreien. Ganz so, als ob sie seit Langem nicht mehr gefickt worden wäre. -
Dann aber machte ein Gedanke sie beben, und kleine Schweißperlen bildeten sich auf ihrem Venushügel. - Sie wusste, dass Hauser gerade mal in Stimmung gekommen

war. Er würde nun eine Zeit lang bei ihr verweilen. Diese lüsterne Vorahnung machte sie schon überglücklich.

An ihrer glattrasierten Klit entdeckte Hauser einen kleinen Lusttropfen, der sich von einer der wulstigen Lippen löste. Lautlos glitt er auf den dicken Teppich und wurde gleich von einer Wollfranse aufgenommen und aufgesogen. - Schade! Er hätte liebend gern dies nasse Etwas mit der Zunge aufgefangen.

„Komm schon, fick mich endlich!" - Ihren sehnlichsten Wunsch hatte sie kaum ausgesprochen, da wurde sie auch schon von seiner eindringenden Wucht überwältigt. Sie stöhnte nur kurz auf und genoss es mit Hingabe und geschlossenen Augen.
Wie gut er sich doch auf sie konzentrieren konnte. Neben seiner Lust vergaß er niemals die ihre. Er ließ sich Zeit und achtete auf jede noch so kleine Schwankung ihres Körpers. Jeden Stoß den er ihr versetzte, nahm sie genüsslich auf - ob er nun hart, sanft, oder auch schon mal im Rhythmus innehielt.
Ihre Nerven waren hellwach. Die Stöße gaben ihrem Körper die nötigen Impulse, um sich innerlich aufgehoben und begehrt zu fühlen. Ihre Wollust wuchs mit jedem Stoß.

Beide vergaßen Vanessa völlig, die nur gebannt zusah. Gerade hatte sie versucht, sich über ihre Gefühle - nach ihrer großen Explosion - klar zu werden. Es schien ihr, als wäre bereits eine lange Zeit vergangen und, als sei alles verblasst, was sie so aufgewühlt hatte. Sie überlegte, mit zitternden Knien, wie sie sich wohl erneut einbringen könnte. - Sie hielt sich aber bewusst zurück. Sie genoss, was ihr geboten wurde.

Dann konnte Marion es nicht länger zurückhalten. Sie ließ ihren Gefühlen freien Lauf. Es war ohnehin unnütz, sich dagegen zu wehren, wenn der innere Kitzel übermächtig wurde. Nun war es an ihr, in den zügellosen Genuss abzutauchen.
Auch Hauser konnte nicht mehr anders, als seine geballte Energie in sie hineinzutreiben.
Dann ließen sich beide auf den weichen Teppich gleiten und genossen ihre Zweisamkeit, indem sie sich eng umschlungen hielten.

Nach einer gefühlten Ewigkeit ließen beide wieder voneinander ab.
Vanessa konnte einfach nicht wegsehen, egal, wie lange diese innige Umarmung auch andauerte. Die beiden schien eine tiefe Intimität zu verbinden.

Sie wollte seinen Schwanz in Augenschein nehmen, ob er auch unbeschadet aus dem ganzen rein und raus Geschiebe hervorgekommen war.
Etwas schlaff, aber noch keineswegs geschrumpft, lag dieses Ding auf seinem Unterleib. Feine Härchen gaben ihm eine sanfte Unterlage. Am Schaft klebte noch Sperma und Mösensekret - es ließ ihn aussehen wie in Milch getaucht. Seltsam, dass dies getränkte Etwas bereits einen *Gastauftritt* in ihr gehabt hatte.
Und doch gab sein Glied sich nun so friedlich und untadelig, dass man es kaum begreifen konnte. Und als Hauser dann seinen Körper etwas anspannte und von Marion

wegrollte, schimmerte plötzlich sein Glied wie eine dicke Zuckerstange. Dies faszinierte sie ungemein und erinnerte sie an eine quirlige Schlange, die nur kurz eingedöst schien.

Hauser hatte Gelegenheit gehabt, die Mandeln zu testen. Nun befand Vanessa, dass sie ebenfalls einen Geschmackstest vornehmen durfte. - Sie ließ alle Bedenken fahren (egal, wie Hauser darauf reagieren würde). Sie robbte ungesehen heran und nahm, ohne Scheu, seinen Schwanz in ihren Mund.
Erst wollte er sie wegstoßen. Überfiel sie ihn doch, wo er noch den orgiastischen Nachklang auszukosten gedachte. - Aber Geschicklichkeit kommt in mancherlei Facetten daher! - So ließ er sie schließlich gewähren, da sie ohne Frage einen ausgezeichneten Blowjob vollführte. Sein Schwanz wurde nicht nur wieder blank geschleckt, er gewann auch seine alte Größe zurück!

Mit jeder Liebkosung, die der Gast Hauser angedeihen ließ, stellten sich unwillkürlich die Begehrlichkeiten aller Akteure wieder ein. Selbst Marion, die erst gar nicht realisierte, was da zwischen Hauser und Vanessa abging, ließ sich wieder mitreißen.

Als Vanessa bemerkte, was sie mit ihrer Schleckerei angerichtet hatte, ließ sie alle Zügel fahren und schwang sich hoch, auf Hausers Mitte.
Marion war fasziniert von der Geschmeidigkeit ihrer Freundin und konnte nur staunen, wie sie mit Leichtigkeit ihr Becken über seinem Unterleib kreisen ließ …
Der Hausherr half ihr noch nachhaltig bei ihren Auf- und

Abbewegungen. - Doch, nach ein paar mehr Schwüngen, bugsierte er seinen Ständer wieder heraus, wobei ihre Möse einen wunderlichen Klang aussandte. - Er wollte sich auch hier die Regie nicht aus den Händen nehmen lassen.

Marion konnte es kaum abwarten, gleichfalls am Spiel teilzuhaben. So machte auch sie sich auf und an seinem Schwanz zu schaffen, während Hauser die Nippel ihrer Freundin traktierte. - Hemmungslos und dankbar von seiner Zuneigung, half Vanessa sogar Marion ihren Hausherrn erneut zu besteigen …
Hauser war es recht und genoss ihren Wettstreit in vollen Zügen. - Sie wirkten wie zwei Ausgehungerte, die versuchten, sich einen einzigen Nachtisch zu teilen.

Am Ende kam es fast zu einem chaotischen Gerangel, da jede darauf erpicht war, mit Hauser einen weiteren Orgasmus zu erleben.

Marion hatte das Glück auf ihrer Seite und wurde von ihm zum Höhepunkt getrieben. - Vanessa konnte nur zusehen - rieb überwältigt ihre Klit dazu und kam dann ebenfalls mit Wucht und lautem Getöse.

Der Hausherr schenkte jeder noch einen Aperol ein - kaum zwei Worte wurden dabei gewechselt.
Hauser zog sich kurz zurück, da er vermutete, dass die Freundinnen erst einmal allein sein wollten.

Und richtig. Sobald er das Zimmer verlassen hatte, tuschelten beide aufgeregt miteinander. Eine eigentümliche

Innigkeit überkam beide. Dann trabten sie ins Badezimmer, duschten gemeinsam und schlüpften wieder in ihre Kleider.

Recht spät war es geworden. Vanessa, obwohl Marion ihr angeboten hatte noch ein wenig zu bleiben, verabschiedete sich dann doch von beiden. - Dem Hausherrn wünschte sie eine gute Nacht. - Marion schenkte sie noch ein befriedigtes Lächeln, begleitet von einer Geste des Abschieds, indem sie den Umschlag, der ihr kurz vorher von Hauser überreicht worden war, verhalten und fast schüchtern, vor ihrer Brust hielt.

- - -

„Es ist doch ganz gut gelaufen, Marius, oder … fürs erste Mal jedenfalls?! - (Jetzt konnte sie von einem zweiten Dreier zehren.) - Wenn du es einmal wiederholen möchtest … ich habe da noch einige Frauen und auch Männer in petto! - Da können wir die Rollen auch mal anders verteilen, wenn du verstehst, was ich damit meine …?!"

Hauser war beglückt, dies aus dem Munde seiner Frau zu hören. Schließlich war es nicht ganz klar, wie Marion sich bei dem Ganzen fühlen würde und ob sie wirklich eine gewisse Grenze überschreiten wollte … oder konnte?

So sehnte er sich bereits nach einem neuen, frivolen Abenteuer mit ihr und anderen. - Denn auch er suchte seine Grenzen …

3.

Süße Rache

Gregor Bäumer war gutaussehend und zuvorkommend. Er konnte aber auch unanständig sein, wenn seine Manieren nicht gefragt waren. Dann war er hingebungsvoll und tat, was von ihm verlangt wurde.
Die Damen, die ihn kontaktierten, fanden ihn jedenfalls anziehend und wenn sie wollten, zeigte er ihnen auch seine Männlichkeit.
In einschlägigen Blättern schaltete er regelmäßig seine Anzeigen. - Die Mehrzahl der Leserinnen fühlte sich gleich angesprochen. Da wurden Fantasien wachgerufen, die die meisten Frauen nur zaghaft in Erwägung zogen - wenn überhaupt.

„Ein Mann fürs Besondere - attraktiv, männlich, erfahren, diskret und dienstbeflissen - steht den Damen gerne zur Verfügung. Zögern Sie nicht und erzählen Sie ihm all Ihre geheimen und unausgesprochenen Wünsche ...!"

In den letzten Monaten liefen die *Geschäfte* allerdings ein wenig lau und so war er froh, dass sich ihm unverhofft eine neue Chance bot.

Eine „frische" Klientin meldete sich bei ihm per Telefon und Bäumer spürte sofort, dass sie ziemlich aufgeregt war.

„... Bin ich richtig - sind sie derjenige mit der Anzeige? - („Gregor Bäumer, was kann ich Gutes für sie tun!?") -

Okay, um es kurz zu machen ... mein Mann geht fremd und das schon eine ganze Weile ... Da hab ich hin und her überlegt, wie ich ihm eins auswischen könnte ... So kam ich auf sie! - Ich hab auch schon ein paar Ideen, wie ich ... wie wir das ... nun ja, bewerkstelligen könnten. - Was er kann - kann ich schon lange!", ihre Stimme hob an und Bäumer merkte, dass die Dame ziemlich wütend auf ihren Gatten sein musste.

Natürlich wollte Bäumer gar nicht so genau wissen, wie begründet ihre Annahme wirklich war. Ob ihr Mann nun fremd ging, oder nicht. Hauptsache, den ersten Termin für ein Date, konnte er einheimsen. - Nach der kleinen Durststrecke - als Frauenversteher und Callboy - war er froh, mal wieder seine Dienste anbieten zu können.

Bevor Sie auflegte, klärte sie ihn aber noch auf, dass ihr Mann Förster von Beruf sei - und dass mit ganzer Leidenschaft - und folglich anderen Dingen kaum Beachtung schenkte.

Er überlegte, was sie ihm damit sagen wollte? Vielleicht, dass er sich keine Sorgen zu machen brauchte, dass ihr Mann ihm gefährlich werden könnte? Vielleicht auch, dass ihr Mann sein Interesse an ihr verloren hatte? - Man würde sehen ...

Ihr erstes Zusammentreffen fand in einem kleinen Café statt, das etwas außerhalb der Stadt gelegen war. - Er wusste nicht wieso, aber er konnte sich unter einer Jägersfrau nichts Bestimmtes vorstellen, vielleicht, weil man keine an seiner Seite vermutete?

Sie kam etwas spät, doch sein erster Eindruck war recht positiv und er war angenehm überrascht.
Sie registrierte seinen überraschten Gesichtsausdruck und konnte ein Schmunzeln nicht verbergen. Sie legte den Strickmantel über einen freien Stuhl am Tisch und setzte sich ihm gegenüber.
Sie trug eine enge Bluse, die sich straff um ihre schmale Taille spannte. Die obere Knopfreihe war geöffnet und wenn sie ihren Oberkörper zur Seite neigte, wurde der Ausschnitt größer und Bäumer konnte den filigranen, dunklen BH, über ihrem Busen, stückweise wahrnehmen.
Als sie die Beine übereinanderschlug, kamen schwarze Leggins zum Vorschein, die sich um ihre langen Beine schmiegten. Ein breiter Gürtel, mit einem unbekannten Emblem auf der Schnalle, schmückte ihren kurzen Rock. Sein Blick wurde aber gleich wieder abgelenkt, als sie sich leicht durchs Haar strich.

Sie hatte sein Starren natürlich bemerkt und so fragte sie sofort: „Ich hoffe, dass sie ihre Vorstellungen von mir nicht allzu sehr revidieren mussten ...!?"

„Aber nein, ich bin bloß überrascht, ich hatte sie mir etwas ... nun, wie soll ich sagen ..."

„Ich weiß schon, was sie mir sagen wollen. Meist können sich die Leute überhaupt keine Frau, an der Seite eines Försters, vorstellen - der immer einsam durch seinen Wald streift," sie lächelte ihn an.

Bäumer entgegnete rasch: „Ja, ja, so ist es wohl, ich stellte mir vor, dass ein Förster, wie ein Pfarrer, immer bei seinen

Schäfchen, oder besser gesagt, im Wald, bei seinen Bäumen, Kitzen und Rehen verweilt ... und stets auf der Pirsch ist ..." - Ups, da war er hoffentlich nicht allzu sehr mit seinem Sarkasmus vorgeprescht. Doch irgendwie schien sie den letzten Teil seines Satzes nicht richtig verstanden zu haben.

„Haha, so habe ich das noch gar nicht gesehen - KITZE ... das ist gut ... haha!" - Dann änderte sie aber schlagartig ihre Mimik und fügte noch, wie zu sich selbst gesprochen, hinzu: „Mit einigen dieser *Kitze,* auf zwei Beinen, ist er ziemlich intim geworden."

Bäumer winkte schnell zum Personal hin und bestellte für beide Kaffee und Sahnetörtchen. Er hatte das untrügliche Gefühl, sie mit Süßem ablenken zu müssen.
Nachdem sie sich ein wenig beschnuppert und leichte Konversation getrieben hatten, platzte es doch wieder aus ihr heraus, dass sie schon genau wisse, wie sie ihrem Mann eins auswischen könne.
In ihrem Kopf hatte sie sich schon einiges ausgemalt. Ein paar *Orte* wurden bereits in Erwägung gezogen, an denen sie ihre *Vergeltung* auszuleben gedachte. - Dabei lief sie etwas rot an, was ihr aber recht gut stand und ihr einen frischen Teint verlieh.

- Er musste im Stillen zugeben, dass ihre wilde Entschlossenheit wohl kaum zu bremsen war und dass, neben ihren Rachegelüsten, der reale Plan dazu, ohne Zweifel, recht ausgefuchst daherkam:
Für ihre Genugtuung hatte sie sich einen Hochsitz auserkoren und als mögliche Alternative, oder vielleicht auch

als zweiten möglichen *Tatort,* gleich auch noch seinen Jeep mit eingeplant. -

„Am besten wir machen´s gleich an beiden Lokalitäten, wer weiß, wo er es überall mit seiner neuen Flamme getrieben hat?!"

„Ja, da lasse ich ihnen natürlich freie Wahl ..." er versuchte unaufgeregt zu wirken, um ihren Tatendrang nicht zu untergraben. - ('Je mehr vollzogene Akte, um so besser für meinen Geldbeutel!') - „... Sie sollten sich dann aber schlau machen, zu welchen Zeiten wir dort ungestört zur Tat schreiten können." (Dies flocht er nur ein, weil er in der Vergangenheit einige unschöne Begegnungen *in flagranti* erlebt hatte. - Eifersucht und Jähzorn sind Eigenschaften, die er lieber vermeiden wollte - da kann eine Situation schnell eskalieren!)

„Ich kenne seinen Terminkalender und weiß daher, wann er mit dem Wagen unterwegs ist und wann nicht, und an welchen Tagen er den Hochsitz aufsucht."

„Gibt es denn nur einen Hochsitz in seinem Revier ...?"

„Nein, nein, aber ich kenne seinen Lieblingsplatz. Dort hatte er nämlich die meisten Abschüsse, in den letzten Jahren. Ein wirklich hübsches Plätzchen, mit exzellenter Aussicht und direkt an einer kleinen Lichtung. -"
„Als er noch Augen für mich hatte, habe ich ihn manchmal begleitet. Wir sind dort hinaufgestiegen und er ... er hatte dabei nicht nur Wild erlegt, nein ... ich konnte ihn damals noch genug reizen, so dass er auch bei mir ... zum Schuss

sozusagen kam …" - hier stockte sie und in ihrem Gesicht spiegelte sich ein offener Gefühlsmix, der sie abwechselnd blass und rosa aussehen ließ - „… in jedem Fall … es waren schöne Ausflüge, damals. Meine Beine zitterten jedes Mal, wenn ich diese verfluchte Holzleiter wieder runter musste … Aber selbst diese Erinnerungen verblassen und sind keinen Pfifferling mehr wert, angesichts seiner Fehltritte!"

Hier wurde sie jetzt trübsinnig und Bäumer versuchte ihre Stimmung wieder aufzuhellen. Er strich ihr mitfühlend über ihre zitternden Finger und drückte sie sanft. Dabei blickte er verständnisvoll in ihre Augen.
„Dann sollten wir schnell die Erinnerungen, oder zumindest die Taten, wieder aufleben lassen und den Hochsitz erneut zum Wackeln bringen - was meinen Sie?"

„Ja, das kann mir nur recht sein - und lassen sie doch bitte dieses **Sie** - wir sollten uns duzen! Ich möchte nicht nur der Form halber mit **dir** anbändeln, sondern, bis es soweit ist, möchte ich dich schon noch etwas näher kennenlernen - ." - Dabei blickte sie auf seine Hand, die sich so gut anfühlte. Im Innern wurde ihr ganz warm. Schließlich beugte sie sich vor und blickte Bäumer erwartungsvoll an. Sie zog dabei ihre Augen zusammen, was keineswegs unattraktiv rüberkam. - Eine Locke fiel auf ihre Wange und führte zu einem verwegenen Moment. Sie hatte wirklich hübsche Gesichtszüge und ein Hauch von ihrem Parfüm schwang nach seiner Seite hin. Der Duft gefiel ihm sehr und er vermutete, dass es mit ihr ein Vergnügen werden könnte.

- Ihm war schleierhaft, warum so viele Ehemänner nicht mit dem zufrieden waren, was sie hatten. - Doch Bäumer war weder verheiratet, noch kannte er die wahre Bedeutung einer veritablen Eifersucht. Er konnte auch nicht ahnen, was manche Eheleute durchmachten und zu welchen Entgleisungen es dabei kommen konnte. -
„Ich heiße Inga, falls ich's noch nicht erwähnt haben sollte!" - Sie schien sich wieder gefangen zu haben und seine Gesellschaft war ihr wohl nicht ganz unangenehm.

„Ah, schön, Inga also. Dass ich Gregor heiße weißt du ja bereits. - Und wie hatten sie, oh, Pardon: wie hattest *DU* dir das, mit dem näheren Kennenlernen, so vorgestellt ...?"

„Ganz einfach ... - (Jetzt senkte sie etwas ihre Stimme.) - ... komm in ein paar Minuten auf den Gang, zu den Toiletten, dann sehen wir weiter."

Das klang doch vielversprechend und aus ihrem Munde recht verwegen. Die Damen überraschten einen doch immer wieder aufs Neue.
Kaum hatte er ihre Worte vernommen, da stand sie auch schon auf und tänzelte ganz unaufgeregt zu den Waschräumen.
Gregor wartete, wie die Dame es wünschte, ein paar Minuten und folgte ihr dann in die hinteren Gefilde des Cafés. Vorher legte er aber demonstrativ sein Jackett über die Stuhllehne, damit die Angestellten sich keine Sorgen machen mussten.

Das Café war kaum besetzt zu dieser Tageszeit und so konnte er davon ausgehen, dass sie beide ungestört bleiben würden. Niemand kam ihm entgegen und sie stand bereits abwartend im engen Gang zu den Toiletten. Ihr Blick war anziehend und erzählte von einer Sehnsucht, die auf Erfüllung hoffte.

Als er bei ihr ankam, legte sie beide Hände auf seine Brust und lächelte ihn verschmitzt an: „Endlich - !", begann sie, aber weiter kam sie nicht.

Gregor spürte, durch den dünnen Stoff seines Pullovers, dass ihre etwas unbeholfenen Hände eine leichte Kühle auf seine Brust aussandten.
Die Situation war wohl neu für sie und kurz kam sie ins Stocken und schien nicht zu wissen, wie sie nun weiter vorgehen sollte.
Er fand es auch ungewöhnlich, dass sie, zu diesem frühen Zeitpunkt, bereits daran dachte, körperliche Nähe zu suchen, wo doch die meisten *Anwärterinnen* einen längeren Anlauf brauchten. - Sie musste wirklich verzweifelt sein, oder aber einsam, und sehr mitteilungsbedürftig.

„So am Tisch fand ich es schwierig sich näherzukommen - im Stehen fällt es mir leichter und ich verkrampfe nicht so leicht …", sagte sie plötzlich mit zitternder Stimme.
Doch dann setzte sie einen, mehr oder weniger, verführerischen Blick auf und küsste … erst seine Wange, dann auch kurz seinen Mund. - Sie schaute ihn fragend an und gab ihm einen zweiten Kuss.

Bäumer sagte schnell: „Erst mal durchatmen und locker bleiben!" - Jetzt war es an Gregor ihr spüren zu lassen, dass sie, mit ihrem mutigen Vorpreschen, alles richtig gemacht hatte. Ihre zarten Küsse fühlten sich weich und frisch an und schmeckten nach dem Sahnekaffee, den sie gerade noch genossen hatte.

Fast jungfräulich war ihr *Einstand* gewesen. Das reizte ihn jetzt ungemein, diese Inga aus ihrem unfreiwilligen Kokon herauszulösen, in den sie, durch die Affären ihres Mannes, getrieben schien.
Überhaupt, wäre es doch eher Bäumers Aufgabe gewesen, herauszufinden, wann *dieser eine Moment* auftauchte, um aufeinander zuzusteuern. - In diesem Fall aber, war Inga vorgeprescht, was ihm nur recht sein konnte.

Viele Damen, mit denen er intim wurde, schätzten einen guten Küsser. Gregor versuchte es erst einmal behutsam, da sie so schüchtern mit ihm war.
Er strich ihr das Haar aus der Stirn und umfing ihre Taille. Eine erste, leichte Umarmung. Dann glitt er mit seinen Lippen tastend über ihre Wange - wie ein Blinder, der so die Physiognomie erkundet. Dann begegneten sich ihre Lippen, die warm und feucht aufeinandertrafen.
Da brauchte es nicht viel, um beide in einen intimen Wirbel abdriften zu lassen! Erst respektvoll, dann immer zugeneigter, gingen beide zur Sache. Sie vergaßen dabei den Ort, wo sie sich gerade befanden und hingen, mit jeder Sekunde die verstrich, noch wollüstiger an des anderen Lippen und Zunge.

Gregors Disziplin währte dabei nicht allzu lang und die intimen Zungenspiele trieben seinen Schwanz in eine üppige Größe. Inga bemerkte die Veränderung, da auch sie sich kaum noch im Zaum halten konnte.

Ein Gedanke schoss ihr dabei durch den Kopf, es gleich hier zu tun - oder, schnell mit ihm in eine der Kabinen zu verschwinden. - Ihre verwirrten Sinne hielten sie, gerade so *über Wasser* und es ging ihr jetzt doch ein wenig zu schnell. - Allein, dies kurze Nachsinnen genügte, um sie aus der innigen Umarmung herauszubringen.

Gregor bemerkte Ingas zunehmende Unsicherheit und ihren Versuch, die galoppierenden Gefühle wieder in den Griff zu kriegen. Er war sich nicht sicher, was es letztlich verursacht hatte. Ob es an seiner *dicken Hose* lag, oder dem Umstand, dass Inga nicht unbedingt hier, in einem dunklen Flur, die Kontrolle verlieren wollte …?

- Inga ging es um mehr. Sie wollte es sich selbst einmal beweisen, dass **sie** die Fäden in Händen hielt und sonst niemand. Und es sollte vor allem nach ihren Vorstellungen ablaufen!
Das Gegenteil davon kannte sie zur Genüge. Als älteste Tochter, mit weiteren vier Geschwistern, war sie bereits in ihrer Kindheit dazu verdonnert gewesen, immer zurückzustecken. Das änderte sich kaum späterhin, da sie diese Verhaltensweise verinnerlicht hatte und es als normal empfand, andere vorzulassen, egal, was es letztlich mit ihr machte. -

Inga war froh, beider Leidenschaft noch einmal ausgebremst zu haben. Schließlich war es ihr Unterfangen und Bäumer war nur ein Mittel, für ihre süße Rache. Sie wollte schon mehr, klar, aber nicht hier und nicht jetzt.

„Es war … ganz wunderbar, Gregor. Ich kann es mir jetzt

schon gut vorstellen, dass mit uns beiden. Nichts für ungut, ja. Ein erster kleiner Test. - Du bist in jedem Fall engagiert!"

Er musste erst einmal durchatmen und schnell wieder runterkommen, bevor es peinlich wurde. - Bäumer nahm es mit Genugtuung, dass er keinen Korb bekam. Hoffentlich machte sie keinen Rückzieher, auch das kam vor - und nicht zu selten ...

Sie nahmen innig Abschied voneinander. Vorerst. Lange sollte die Trennung aber nicht dauern, gab Inga zu verstehen. Sie würde sich umgehend melden, sobald es passen würde. -
Es dauerte gerade mal eine Woche, bis sich Inga bei Gregor wieder ankündigte. Er bemerkte gleich ihre aufgeregte Stimme, am anderen Ende der Leitung. - Also enttäuschte sie ihn nicht und hielt Wort.

In einem Land Rover fuhr sie bei Bäumer vor. Und das sollte der erste *Tatort* sein, in dem sie Vergeltung üben wollte! -
Das Gefährt ihres Mannes sah ziemlich lädiert und in die Jahre gekommen aus. Bäumer hoffte nur, dass es in dem Ding nicht allzu unbequem für beide zugehen würde. -
Im Innern roch es nach Erde und Wald. Der Boden war übersät mit Tannennadeln und Moos. Die Sitze waren abgegriffen und staubig. - Doch der Laderaum war - wider Erwarten - recht geräumig und mit übereinandergelegten Decken bereits präpariert! - Ihm wurde spätestens jetzt klar, wie Inga sich das alles praktisch vorstellte.

„Na, wie findest du unser Schlafgemach, habe ich mir nicht die größte Mühe gegeben, es uns so bequem wie nur möglich zu machen?!"

„Ja, du hast ganze Arbeit geleistet, bin schon gespannt, wie es sich darauf so liegt …"

„Keine Bange, Gregor, alles wird hervorragend!" - Inga saß in einem robusten Leinenkleid am Steuer, war bester Laune und wie es schien, auf ein Abenteuer aus. Ganz anders noch als im Café - jetzt schien sie selbstbewusst und zu allen Schandtaten bereit.

„Wohin geht die Fahrt?", wollte Bäumer wissen.

„Lass dich überraschen. Es geht in den Wald, so viel ist mal sicher. Es gibt da einen schönen Flecken, zwischen hohen Tannen und dichtem Farn, wo wir mit dem Wagen gut hinkommen."
'Na dann: auf in den dunklen Wald!', dachte Gregor. - Woher kannte Inga die Stelle im Wald … von früher vielleicht? Für sie war es sicherlich kein unbekanntes Terrain.

Die Fahrt kam ihm endlos vor. Als sie die Stadt hinter sich gelassen hatten, ging es über holprige Vorort-Straßen und Ackerwege. Dann durch ein paar Schneisen im Wald. Schließlich kamen sie an den bezeichneten Platz, wo Inga anhielt und ausstieg. - Gregor folgte ihrem Beispiel.

Beide befanden sich unter einem schmalen Streifen Frühlingssonne, der ihre Lichtung und den Rover erhellte. Nicht weit von ihnen standen schlanke Stämme, aufgereiht wie Streichhölzer, die nur im oberen Drittel, mit Zweigen und Nadeln, bestückt waren. Der Platz wirkte wie eine Bühne und der Wald ringsum wie ein Zaungast, bei ihrem frivolen Stelldichein.

Gregor verlor sich ein wenig in der Naturbetrachtung, da er selten Gelegenheit hatte, einen Wald von innen zu sehen und zu inspizieren - welchen Wald auch immer!
Selbst an ein Rendezvous im Wald konnte er sich, beim besten Willen, nicht erinnern. Sein Gelände, oder besser Handlungsort, in dem er sich sicher und zuhause fühlte, waren Lobbies, Bars und Hotelzimmer.
Jetzt hörte er ein dumpfes Reiben und Knarren, oberhalb in den Ästen, mit dem Wind der über die Lichtung zog. Dann laute Lockrufe eines Vogels, der die Stille auszuhebeln schien. Und dieser Geruch nach Erde und Natur, der in *seiner* Stadt nicht vorhanden war. - Sicherlich war er mal als Kind, mit seinen Eltern, im Wald spazieren, aber er hatte keine Erinnerung mehr daran. -
Irgendwo knackste es vernehmlich hinter ihm, doch er dachte dabei nur an irgendein Tier, das sich im Unterholz zu schaffen machte.

Inga nutzte seine Selbstvergessenheit, öffnete leise die Heckklappe des Wagens und entledigte sich in Windeseile ihres Kleids. Dann stand sie da, nur in zarter Unterwäsche und beobachtete Gregor, wie er unbeholfen und selbstvergessen in den Wald starrte.

Das Knacksen im Unterholz hatte Gregor falsch interpretiert. Hinter ihm stand bereits Inga, die gerade ihre Arme um seine Hüften schlang.

Er drehte sich ertappt um. Etwas verdutzt blickte er Inga an und realisierte erst langsam, dass sie nur im BH und Höschen vor ihm stand.

Trotz der ersten Sonnenstrahlen und ihrer, reichlich vorhandenen, inneren Wärme, bildete sich Gänsehaut auf Ingas Armen und Beinen. - 'Wenn er nicht bald in die Gänge kommt, werde ich noch zum Eiszapfen!' -

Kaum hatte sie diesen Gedanken nur angedacht, da nahm er sie in seine Arme, hob sie hoch und trug sie behutsam zur Ladefläche des Rovers. Bäumer spürte, dass ihre Haut kalt war und beeilte sich, dies zu ändern. Sanft ließ er sie in die weichen Decken gleiten und versuchte, mit ganzem Körpereinsatz, die äußere und innere Wärme wieder anzufachen.

„Das wurde aber auch Zeit, du willst doch nicht, dass ich mir hier die Grippe hole …!?"

Er bedauerte aufrichtig, dass er nicht gleich reagiert hatte und fragte Inga, wie er für seine Unaufmerksamkeit Abbitte leisten könne.

„Küss mich einfach. Und lass dir was Schönes einfallen!"

Das musste sie ihm nicht zweimal sagen. Sein Mund berührte den ihren und bald darauf ging er auf Entdeckungsreise. - Ihr Spitzen-BH war bald im Wege und auch ihr feines Höschen musste weichen. Er schleckte mit Bedacht um ihre braunen Höfe, die schön glatt auf ihrer weißen Haut zu schweben schienen. Je mehr er leckte, von einem zum andern Kreis, um so beachtlicher empfand er Ingas Brustwarzen anschwellen.

Die Nacht zuvor konnte Inga kaum einschlafen, da ihre Vorfreude einfach zu groß war. Ihr Mann kam wiedermal spät nach Hause, von irgendeiner Forstversammlung, wie er sagte. Sie nahm es ihm aber nicht ab, dass eine Versammlung, über Mitternacht hinaus, angelegt sein sollte. Hätte sie noch Skrupel gehabt, wären diese nun endgültig überwunden gewesen. - Doch hatte sie diese schon lange abgelegt gehabt.

Zu Beginn zitterte sie ein wenig und brauchte eine Weile, um sich hingeben zu können. Der, der sie so intim anging, war schließlich ein Fremder. Sympathie hin oder her. Für sie war es Neuland und dieser hier hätte mit ihr wer weiß was anstellen können. - Aber zum Glück waren ihre Befürchtungen unbegründet.
Sie fühlte sich bei ihm aufgehoben und als Frau wahrgenommen. Ihre Sehnsucht fand bei ihm eine erste, auffrischende Erfüllung. - Es war wie warmer Honig, der tropfenweise auf sie herabfiel und jede ihrer Poren mit Liebkosungen umschloss. Jetzt glühte sie in ihrer Nacktheit und sie empfand seine Zuneigung wie ein Versprechen, das endlich eingelöst wurde.

Gregor pirschte weiter vor, weiter nach unten, über ihren Venushügel, der zu beben schien, angesichts der wärmenden Küsse, die er ihr angedeihen ließ.
Sie hatte sich vorzugsweise glatt rasiert dort unten, und für Gregor war es immer eine kleine Überraschung, was sich dort Unbekanntes verbarg und schließlich, Kraft sei-

ner Bemühungen, auftat. - Jede hatte ihre Eigenheiten, war gesegnet mit den allerfeinsten Proportionen und manchmal war es wie eine verwunschene Quelle, die nur wachgeküsst werden musste. -

Schließlich streckte sie die Arme über den Kopf, als Zeichen der Entspannung und ihrer freizügigen Hingabe. Hier erst merkte sie, wie lange sie dieses Gefühl vermisst hatte, das Gefühl, wirklich wahrgenommen zu werden. -
Hin und wieder musste sie kichern, da er sie an Stellen küsste, die vordem noch niemand beachtet hatte. - Wie achtsam und behutsam doch selbst Männer sein konnten!
Er, jedenfalls, war jeden Cent wert - und dies machte sie irgendwie noch mehr an, da es so etwas Ruchloses und Verbotenes hatte.
Ein warmes Lüftchen kam herein und zeugte vom Nahen des Frühlings - es strich ihr über die Schenkel und hoch zu ihren Brüsten, dass sie glaubte, dass selbst die Elemente ihr gewogen waren, gerade jetzt, zu dieser Stunde ...
So schob sie ihre Schenkel weiter nach außen, soweit es der Innenraum des Fahrzeugs nur zuließ. Und dann, wartete sie, wartete sie mit schwerem Atem, dass er fortfahren möge. -

Inga schwebte in anderen Sphären. Sie dachte weder an ihren Mann, noch an die harte Pritsche unter ihr. Sie fühlte sich einfach nur begehrt, spürte jede Berührung, jeden Kuss und jede Zungenmassage als etwas ungeheuer Intensives. Die Glücksschauer, die über ihr kamen, waren von anderer Qualität, als je zuvor.
Sicherlich hatte sie Orgasmen mit ihrem Mann erlebt und einige Liebschaften davor durchlaufen, an die sie sich

allerdings nicht mehr erinnern konnte. Und dass es sich schön angefühlt hatte mit ihrem Förster, die ersten Jahre nach der Hochzeit, ohne Frage. - Aber das war lange vorbei und längst verblasst. Da war keine Erinnerung mehr, sondern nur das Hier und Jetzt zählte, das sie wie eine Welle überrollte. - Alles floss und schien eins.
Sie hatte jetzt Gewissheit, dass es eigentlich wenig bedurfte, um sich in Ekstase bringen zu lassen. Man musste es nur wagen und zulassen - und, weiter, immer weiter ... dahin, wo der Reiz übermächtig wurde und einem gar nichts anderes übrigblieb als loszulassen. Egal, was es mit einem machte.

Ihr Blick richtete sich nach oben und es war wie ein Rausch. Sie sah kein Autodach, sondern meinte in den blauen Himmel schauen zu können, der bevölkert schien mit kleinen Schäfchenwolken, bunten Vögeln und Bildern aus ihrer Kindheit, die kaum klar und als Schleier über allem lagen. Wie vor und zurück getragen, durch ein Leben voller Missverständnisse, Entbehrungen und verstörenden Wahrheiten. - Alles hob sich auf, alles war gut. -
Eine nicht geahnte Wärme umschloss Inga und ließ sie immer sanfter und reizender werden. - Wie ein Fluss waren ihre Gedanken und Gefühle. Vor ihren Augen schien alles klarer und eindeutiger - ebenso in ihrem Innersten. -

Gregors Geilheit war an einem Punkt, wo er kaum noch Zurückhaltung üben konnte. Zitternd öffnete er seine Hose und trieb seinen Schwanz in Ingas feuchte Höhle.

Mit geschlossenen Augen versuchte sie seine triebhaften

Bewegungen nachzuspüren. Sein dickes Teil, das sich steif und warm in ihr breitmachte - und das hoch -und niederfuhr, setzte ihre Nerven unter Strom und füllte sie ganz aus. Ihre Möse saugte an seinem Schwanz und konnte gar nicht genug bekommen, von seiner Kraft und Entschlossenheit.

Als er kam hatte sie längst ihren Höhepunkt hinter sich gebracht. Alles was sie bisher erfahren hatte, konnte diesem Gefühl der Erfüllung nicht standhalten. Ihr Orgasmus rollte ohne Widerstand über sie hinweg. Er befeuerte alles in ihr und drang tief in sie ein.
Viele kleine Beben beglückten sie, die wie Wellen kamen und gingen. Sie fand sich mit Gregor im Einklang, selbst, wenn er noch getrieben wurde, von seiner Lust und seinem Verlangen.
Ein seltsames Gefühl beschlich sie, als sie seinen zuckenden Schwanz spürte, der sich im Kommen am Intensivsten in ihr aufbäumte. Sie realisierte, dass sie einen gewissen Anteil an seiner Eruption haben musste und sie dies mit Stolz erfüllte.

Beide sanken in die Decken. Ihre erhitzten Körper gaben nach und die folgende Mattigkeit ließ ihre Temperamente wieder abflauen.
Eine weitere Brise ließ sie sich zudecken. So geschützt, blieben beide eine Weile stumm und mit geschlossenen Augen liegen.

Es war eine Zeit vergangen und es dämmerte bereits in den Nachmittag hinein. - Irgendwo da draußen fuhren wohl Autokolonnen über eine ferne Autobahn. Dumpf hörte man ein wiederkehrendes Klacken, dort, wo alle über die Fahrbahnnähte donnerten …

Die Ernüchterung trieb beide hinaus. Schnell zogen sie sich an. Er half ihr, die Decken so zusammenzulegen, dass sie wieder leicht wegzubringen waren. Schließlich sollte ihr Mann auf keine dummen Gedanken kommen, angesichts überzähliger Decken in seinem Forstauto!
Die hohen Bäume warfen nun lange Schatten. Auf der kleinen Lichtung verschwammen die Konturen und man musste aufpassen, wo man hintrat.

Inga zog sich noch ihre Jacke über, die sie unter den vielen Decken verborgen hatte. Es wurde doch wieder etwas kühler. - Sie fuhr Gregor zurück in sein Domizil und küsste ihn noch schnell auf den Mund, bevor er den Wagen verließ.

Inga schien selbstbewusster nach diesem kleinen Abenteuer. Ihre Gesten spiegelten eine Sicherheit wider, die man vordem nicht an ihr wahrgenommen hatte. Dazu strahlte ihr Gesicht mit einem erfüllten Glanz. - Bäumer hoffte nur, dass es ihrem Mann nicht auffiele.
Sie gab ihm noch mit auf den Weg, dass sie sich bald wieder melden würde. Bäumer merkte wohl, dass es ihr ernst damit war, weiter zu machen, um dadurch noch größere Genugtuung zu erlangen. Er freute sich jedenfalls auf eine Fortsetzung der Affäre. -

Als sie die Haustür hinter sich schloss, konnte sie durch den Flur ins Wohnzimmer schauen, wo ihr Mann gerade telefonierte. Sie wunderte sich ein wenig, ihn hier, zu

dieser Stunde, anzutreffen. Laut seinem Terminkalender war er doch mit Sachverständigen im Wald unterwegs, die er über die neuesten Aufforstungen informieren wollte?
Sie schlug ihr Haar zurück, mit sichtlichem Stolz - wenn es denn jemanden interessiert hätte.

Sie dachte an die vergangenen Stunden, die sie mit diesem Gregor ... diesem heißblütigen Kerl ... verbracht hatte. Sie spürte noch seine Küsse, die er über ihren Körper geschickt verteilt hatte. Und sie spürte noch etwas anderes: im Schritt und im Unterleib, dass da einiges an Reibung abgegangen war, was sie seit Wochen, oder waren es bereits Monate, nicht mehr so an sich verspürt hatte. - Sie bemerkte ein leichtes Ziehen da unten, aber durchaus nicht unangenehm. Endlich war da mal wieder Leben, wo *seit Zeiten* Funkstille herrschte!

Plötzlich nahm sie einen leichten Ausfluss wahr - vielleicht nur ein paar Tröpfchen davon - der durch ihr Höschen rann und sich auf ihrem Oberschenkel kühl und feucht absetzte. Ein kurzer Schauer fuhr ihr durch die Glieder. Doch es wandelte sich gleich darauf in eine wärmende Gewissheit, was ein lüsternes Kribbeln zur Folge hatte.
Nach dieser flüchtigen Gefühlsschwankung hätte ein unbeteiligter Beobachter eine Rötung auf Ihren Wangen bemerken können. - Ihr Mann war zu weit weg, als dass er dies bemerkt haben könnte.

Sein Telefonat ging wohl schon eine Weile. Jetzt versuchte er seinen Gesprächspartner irgendwie zu verabschieden, was ihm sichtlich Mühe kostete und ihm unangenehm war.

Seiner Frau fiel sein Stimmungsabfall kaum auf. Sie war eher amüsiert, wie ungeschickt ihr Mann doch manchmal sein konnte, wenn er sich ertappt fühlte. Sie wollte gar nicht wissen, oder darüber nachdenken, wer oder mit wem er da so innig telefonierte.
Sie wollte unbedingt ihren glücklichen Zustand noch etwas beibehalten und auskosten und sich nicht über Belanglosigkeiten den Kopf zerbrechen.

„Du bist schon zurück …? Du wolltest doch mit dem Rover in die Stadt und dich später mit deiner Freundin treffen?" - Seine Worte kamen etwas zu laut und gereizt aus seinem Munde, als es ihm endlich gelungen war, das Gespräch am Telefon zu beenden. Und sie merkte deutlich, wie Zorn und Unverständnis seine Stimme veränderte.

„Ja, das wollte ich wohl. Aber die Beste hatte kurzfristig abgesagt, so dass ich noch ein wenig in der Stadt herumfuhr und mir die Geschäfte ansah." - ('Ob er das schluckte?') - „Das Gleiche könnte ich **dich** fragen … hattest du nicht in deinem Revier eine Zusammenkunft?"

„Wieso? - Ach, das meinst du. Nein, der Termin wurde auf den späten Nachmittag verschoben. - Da trifft es sich übrigens doch ganz gut, dass du so früh zurück bist. Dann kann ich auch mit meinem Wagen gleich zum Treffen fahren. - Dann kannste wieder deinen Mini haben … hatte eh nicht verstanden, warum du unbedingt mit dem Rover heute fahren wolltest … sonst fährst du doch auch lieber mit deinem … ?"

Jetzt sollte sie sich schnell etwas einfallen lassen, sonst käme ihr Mann doch noch auf schräge Gedanken. Zudem wollte sie dafür sorgen, dass er sich wieder beruhigte: „Es gibt halt Tage, da fühle ich mich im Rover sicherer, als in meinem Mini. Manchmal stelle ich mir vor, wenn es zu einem Unfall käme, was dann wohl von dem kleinen Wagen übrig bliebe ...?" ('Oh Mist, das klang jetzt weit hergeholt und nicht wirklich schlüssig, oder?')

Ihr Mann schaute sie etwas ungläubig an und überlegte wohl, was sie da eigentlich von sich gegeben hatte. - Doch dann fiel ihm ein, dass es Zeit würde, ins Revier aufzubrechen. - „*Okay* ...? Wie auch immer - ich muss los! Es kann spät werden heute, also warte besser nicht auf mich!" - Kaum hatte er den Satz vollendet, griff er nach seiner Jacke und eilte los. - Nur kurz blieb er stehen, griff mit einer Hand stramm um ihre Taille und gab ihr zum Abschied einen kaum aufgesetzten Kuss auf ihre Wange.
Im nächsten Augenblick war er durch die Tür und ließ diese laut und gedankenverloren ins Schloss fallen. Dann hörte sie ihn die Wagentür zuschlagen und den Rover aus der Einfahrt steuern.

Aber ja, das kannte sie bereits: - W a r t e n ! - Aber zu warten war schon lange keine Option mehr. In letzter Zeit verbrachte sie ohnehin die meisten Nächte alleine. Das war schon Standard.
Und ihre maßlose Enttäuschung darüber, dass er ihr seit Monaten aus dem Weg ging, brachte das Fass zum überlaufen. Somit hätte er sich den Wangenkuss sparen können. Und der griff zur Taille empfand sie in der ganzen Situation als eher herabwürdigend und verletzend. Aber

so war es halt, ihr Mann schien damit sein Soll erfüllt zu haben und es berührte ihn nicht weiter.

- Als sie jegliche Hoffnung verlor, kam die innere Leere. Das war neu, sie war doch eine Kämpferin? Sie versuchte mit Nettigkeiten auf sich aufmerksam zu machen, doch es war vergebens. Weder merkte er ihre vorzeigbare Reizwäsche, noch das extra vorbereitete Abendessen, mit dem sie ihn überraschen wollte. - Als Nächstes kam dann dieses matte Gefühl, oder besser, diese kalte Empfindung, wenn sie daran dachte, was er wohl all die Abende lang außer Haus so machte und anstellte. Und nach ihrem stillen Protest, und der Emotionslosigkeit, kam die innere Wut und ihr Bestreben, ihm so richtig eins auszuwischen. -

Auch das schien nun erledigt, oder zumindest, gab es eine erste Befriedigung - nicht nur in sexueller Hinsicht.

Sie fühlte sich nicht einsam, im Gegenteil. Sie war froh, dass er weg war und sie die Zeit für sich hatte. Die Stille kehrte ins Haus zurück und sie konnte ihren Gedanken nachhängen.
Langsam ging der Tag zur Neige und sie schien immer noch in einem Schwebezustand, der besonderen Art, zu schwelgen. Die kurze Zeit im Wald hatte etwas in ihr ausgelöst.
Was ein kleines Abenteuer nicht alles in Bewegung setzen konnte! Dieser Gregor hatte etwas in ihr wachgerufen, was sie bereits als verloren angesehen hatte: - und nun kehrte es mit Wucht zurück - die Sehnsucht nach Zweisamkeit. Dieser Lover hatte es aufs Neue in ihr entfacht!

Sie lief ins Badezimmer und warf ihr Kleid von sich. Ihr Augenmerk galt der schönen Unterwäsche, die sie sich extra, für diesen speziellen Anlass, sich selbst und ihm gegönnt hatte. Ungeniert sah sie auf ihre rosige Haut, ihre Rundungen, und wie ihr die seidige Wäsche so vorzüglich stand. Sie fand sich blendend darin und bedachte sich unwillkürlich mit einem inneren Lob - sie hatte ihre Weiblichkeit wiedergefunden.

Schließlich stand sie völlig nackt vorm Spiegel und machte unbeholfene Drehungen nach links und rechts und schaute sich prüfend an.
Mit den Fingerkuppen strich sie sich leicht über ihren Bauch und Unterleib. Sie betrachtete ihre Scham, mit den paar hellen, weichen Härchen, die sie bei der Rasur übersehen -, und, denen Gregor so viel Aufmerksamkeit geschenkt hatte.
Mit dem Zeigefinger kreiste sie über ihre Klitoris, die noch ganz mitgenommen schien, von der wilden Einnahme.
Ihre Beine schienen zu zittern, was nur ein Trugbild sein konnte, da sie doch nicht das erste Mal so kraftvoll genommen wurde!?
Dann entdeckte sie einen Streifen getrockneten Spermas, auf ihrem Oberschenkel und dachte an den Ausfluss von vorhin. - Sie nahm einen feuchten Schwamm und strich behutsam, mit kreisenden Bewegungen, darüber. Auch den Intimbereich ging sie an mit dem Schwamm und reizte so, kurz von Neuem, ihre Scham. -
Mit Genugtuung und Schadenfreude dachte sie an ihren Mann, der jetzt mit dem *Korpus Delikti* unterwegs war.

(Leider fiel ihr dabei ein, dass sie die Decken noch gar

nicht aus dem Laderaum entfernt hatte. - 'Mist!' - Na ja, niemals würde er auch nur Ansatzweise irgendetwas Schlüpfriges damit in Verbindung bringen … soviel Fantasie traute sie ihm nicht zu.)

Den negativen Gedanken ignorierte sie gleich wieder. Sie begutachtete lieber ihren Körper! - Jetzt, wo ihr Lover alles mit Bedeutung erfüllt hatte, schien sie jeden Zentimeter davon anzunehmen. Sie empfand alles, oder doch das meiste, als schätzenswert und - sogar für sich selber - erregend; wenn ihr Haar, so wie jetzt, über ihre schlanken Schultern fiel, oder wenn ihre harten Nippel so schön vorstanden, oder wenn ihre Schenkel, die, in einem schönen Bogen, hin zur Mittel liefen - und zur Freudenquelle wiesen …
Sie schwelgte bereits in neuen Abenteuern. Sie malte sich aus, wie es das nächste Mal sein würde, mit diesem Gregor. Ob er sie wieder mit feuchten Küssen übersäen - und sie wieder voll durchdringen würde?! Sie dachte an den Hochsitz, wie es ihr wohl dort oben ergehen würde - mit ihm, ihren Lover …?

Gott, wie lange war das her? Die Zeit schien so weit weg. Wie ein anderes, bereits gelebtes Leben, kam es ihr jetzt vor, das nicht mehr zu ihr gehörte.
Sie brauchte Abstand von allem. Was sollte sie mit einem Mann der bloß seinen Liebschaften hinterherlief und sie dabei aus den Augen verlor. - Wenn das so war, na gut. Dann sollte er sich im Nachhinein auch nicht wundern, wenn es zum Bruch kommen musste.

Natürlich fragte sie sich, nach der neu gewonnenen Selbst-

sicherheit, wie er mit einer Trennung zurechtkäme. Ob er sie einfach würde gehen lassen? Da war sie sich überhaupt nicht sicher. Sein Ego war schon ziemlich ausgeprägt und da würde eine solche Forderung ihrerseits doch stark an seinem Ansehen kratzen.
Zudem hatte er Grundsätze, da konnte er stur sein und wich nicht von ihnen ab. Sie hatte es erlebt. Er konnte dann auch schon mal jähzornig werden. Selbst, wenn es um belanglose Dinge ging, wie, dass er seinen Rover immer in der rechten Garagenhälfte parkte - wehe, wenn sie mal gedankenlos den Mini auf seinen Platz abstellte … schon da wurde er komisch und ging sie schroff an. Er ließ auch keine Ruhe, bis sie den Platz geräumt hatte. - In dieser Hinsicht würde es ein Wagnis sein, ihn damit zu konfrontieren.

So weit war sie noch nie gegangen. Hätte sie sich vor Tagen auch nicht vorstellen können. Jetzt, wo sie so darüber nachdachte, fand sie es schon komisch, dass ihr Leben so vollkommen auf *ihren* Jäger ausgerichtet war. Sie hatte funktioniert, die ganze Zeit über und sich erst spät Gedanken gemacht. Sie hatte ihr Leben für seines zurückgenommen. Meist kamen Gäste zu ihnen, die **seine** Bekannten waren. Sie hatte sich damit abgefunden - es war ja auch gut, wie es war, glaubte sie zumindest.
Solange er seine Aufmerksamkeit ihr schenkte und nicht anderen, die dann irgendwann auftauchten.
Da fragte sie sich schon, was sie falsch gemacht haben könnte, obwohl doch er die Grenze überschritten hatte. Ja, sie konnte nicht anderes, hatte es nicht anders gelernt. Erst kamen die anderen an die Reihe. Anerkennung bekamen immer die anderen, nicht sie, egal wie sie sich auch an-

strengte.

Aber, warum sollte sie darüber nachdenken. Alles hatte seine Zeit. Sie wollte auf keinen Fall in ihr altes, devotes Leben zurück. Sie wollte keine *Zweitfrau* sein, neben anderen.

Ja, sein geliebter Hochsitz. Ein nächstes Ziel für ihre Gelüste! - Mit Rache hatte es schon nichts mehr zu tun. Es ging um sie, um ihre Wahrnehmungen und Gefühle. Sie wollte endlich als eine Frau mit gleichwertigen Bedürfnissen ins Blickfeld rücken und die Wertschätzung für sich in Anspruch nehmen.
Das war schließlich nicht zu viel verlangt. Sie hatte ein neues Ziel vor Augen. Es ging hier um Selbstbestimmung. Sollte der Jäger seine Flammen haben, sie hatte auch ein Leben - und Gelegenheiten - die sie nutzen konnte und wollte.
Wenn ihre Beziehung in die Brüche ging, so sollte es halt sein. Es war ihr Leben, das auf dem Spiel stand, egal, was die Zukunft für sie bereithielt. Alles war wieder erlebbar und es fühlte sich doch so gut an.

Nach anderthalb Wochen wurde Bäumer ungeduldig. Sie wollte ihm doch eine SMS schicken, sobald sie sich sicher sei, ein zweites Stelldichein zu starten!?
Doch dann kam ein weiteres Lebenszeichen von Inga. Ihre Stimme am Telefon klang diesmal noch zielstrebiger.
Ein Hochsitz sollte es nun sein - also, nicht irgendeiner, sondern dieser ganz spezielle, an dem so viele Erinnerungen hingen.

Das war eine Herausforderung - ein Hochsitz als Liebesnest! Bäumer wusste bloß noch nicht wie. Na, irgendwie würde es schon hinhauen, dafür war er ja engagiert worden.

Er hätte sie gerne chauffiert, aber sie bestand darauf, es wieder zu tun. Schließlich kannte sie sich bestens aus und wusste, wo man den Wagen abstellen musste, damit der Weg zum Hochsitz nicht allzu lang andauerte.

Mittlerweile war es Mai geworden und das Wetter hatte sich um 180 Grad gedreht. Es sprießte und blühte wo man hinsah und die Temperaturen kamen einem vor, wie im Frühsommer.
Ihr Mini war das Gegenteil vom Rover. Man saß zwar bequemer, aber irgendwie doch beengt, so dass Bäumer die Fahrt nicht wirklich genoss. Immerzu musste er an diesen Hochsitz denken, der wohl ebenso beengt sein musste.

Den Wetterverhältnissen war es zu verdanken, dass sich Inga ein luftigeres Kleid für dieses Date hatte aussuchen können. Sie verbrachte eine Weile vor ihrem Kleiderschrank und fand längst vergessene Stücke darin, die sie für diese Gelegenheit noch sehr wohl nutzen konnte. Sie schwankte zwischen einem einfachen Sommerkleid und einem mehr körperbetonten Outfit. Sie fand das zweite von beiden sehr sexy. Sie betrachtete sich darin minutenlang und vergaß fast, wofür sie diesen ganzen Aufwand betrieb.
Dann entschied sie sich aber doch für das einfache Sommerkleid. Schließlich konnte man ja nicht wissen, wie die Kleidung dieses - in die Natur eindringende - Abenteuer

überstehen würde. Falls es zu Schaden käme, hätte sie es ohne Gewissensbisse einfach entsorgen können.

Sie war seit Ewigkeiten nicht mehr dort oben gewesen. Und wie der Zustand des Hochsitzes mittlerweile beschaffen war, konnte sie nicht wissen.

Gregor war ein wenig aufgedreht. Endlich konnte er wieder als Callboy glänzen und seiner Passion nachgehen. Im Mini saß man ziemlich nah beieinander und so nahm er jede Duftnuance wahr, die ihm Inga - bei jeder noch so unscheinbaren Bewegung - zukommen ließ. - Sie roch nach Flieder und einem Hauch Zitrone. Ihr Sommerkleidchen stand ihr vorzüglich und schmiegte sich kurz und leicht um ihre Schenkel.
Während der Fahrt erzählte Inga Gregor, dass sie mit ihrem Mann, so gut wie abgeschlossen hätte, da er sie nur noch wie Luft behandelte. Ihre Rachegelüste würden somit ins Leere laufen und daher wollte sie diese auch nicht weiter befeuern. Der Genuss hätte somit nicht diese negative Seite und so würde es sich deutlich erfüllender anfühlen. Und, sie hätte sich vorgenommen, nur noch eigennützig zu handeln. Die Zeit mit ihm (also Gregor) sollten keine negativen Gedanken trüben.

Wenn auch ein nervöser Unterton bei ihrer Rede mitschwang, so klang es doch ziemlich abgeklärt. - Bäumer konnte dies nur recht sein. Sie schien frisch verliebt, selbst, wenn Inga ihm dafür einen Obolus zahlte.
- Die Damen kamen halt besser in Fahrt, wenn sie an nichts anderes dachten, als an den Moment. So war es für ihn einfacher. Er mochte Frauen, die einem mit guter Lau-

ne begegneten. Die keine Skrupel, oder Gewissensbisse kannten und die sich nicht ablenken ließen, wenn sie in den *siebten Himmel* aufstiegen. -

Seit über einer halben Stunde waren sie nun schon in einem Waldgebiet unterwegs, als Inga endlich das Tempo drosselte und dann plötzlich hart in die Bremsen ging. Eine kleine, unscheinbare Parkmulde war vor ihnen aufgetaucht, so dass sie ihren Mini schroff zur Seite lenkte und mit einem haarigen Bremsmanöver auf der asphaltierten Fläche zum Stehen kam.

„So, wir sind am Ziel, Gregor! Fast hätte ich die Gelegenheit verpasst, den Wagen einzuparken! Es ist ja auch lange her, da vergisst man halt gewisse Dinge. - Na ja, strenggenommen, die **erste** Etappe haben wir hinter uns. - Jetzt geht 's noch ein wenig durchs Unterholz, bis wir dann den Hochsitz erreichen!" - Inga betonte jeden Satz, als ob sie zu einem unbeholfenen Praktikanten spräche, der von all dem noch keinen Schimmer hatte.

„Okay - ", sagte Gregor etwas zerknirscht, „ - bin gespannt, auf welchen Turm ich da gelockt werde?"

Da war kein Waldweg und auch kein Trampelpfad, wo man sich hätte dran orientieren können. Bäumer war erstaunt, dass Inga die Zielrichtung noch nicht aus ihrem Gedächtnis getilgt hatte.
Nach einer Viertelstunde kam dann doch so etwas wie ein unbefestigter Weg, den Inga sicher durchschritt. Hin und wieder schaute sie sich nach ihrem Lover um, ob er noch Anschluss halten konnte. - Dann blieb sie auch mal stehen,

lächelte ihn an und nahm ihn, für eine Weile, an die Hand, um sich erneut sicher zu sein, dass dies alles wirklich stattfand.

Allmählich lockerte der dichte Wald auf und sie kamen in die unmittelbare Nähe einer Lichtung. -
Und dann sah Bäumer das hölzerne Ungetüm, das in kurzer Entfernung auf einem kleinen Hügel gen Himmel ragte. Bäumer wurde es etwas mulmig zumute, angesichts dieser zusammengezimmerten Konstruktion, auf der sie sich vergnügen sollten.
Was für eine verschrobene Idee! Anderswo hätte es ihm besser gefallen. Aber es war natürlich ihr Wunsch und das musste er respektieren. - So, wie sie es ihm im Café bereits ausgebreitet - und als *Tatort* anvisiert hatte.

„Na, Gregor, was hältst du davon, mich dort oben zu verführen und mir die Seele aus dem Leib zu vögeln …?"

„Ja, ja - ich hoffe nur, dass das Gebilde nicht unter uns zusammenkracht!"

„Keine Angst. Komm her und gib mir einen Kuss! - Pass auf, das wird eine famose Erfahrung für dich werden."

Inga zog Gregor dichter an sich heran. Sie war unwillkürlich ins Schwitzen geraten, wohl durch das Zickzack-Wandern auf hügligem Gelände.
Er spürte ihre Vorfreude und wie sie, mit jedem Kuss, mehr in Wallung geriet. Sie fühlte sich gut an. Gregor sah ihr rosiges Gesicht, mit einer Schweißperle auf der Stirn. Ihr Atem ging schnell und er spürte, durch den dünnen

Stoff des Kleids, dass ihre Nippel hart wurden.

Sie hätte ihn gleich hier vernaschen wollen, wenn nicht jetzt der Hochsitz so nah gewesen wäre. Sie musste arg an sich halten - es war noch schlimmer, als letztens im Café.
Vielleicht aus Trotz, oder aus einem diffusen Erinnerungsvergleich heraus, musste sie sich noch einmal zusammenreißen. - Und so zwang sie sich und ihn die Holzleiter hinauf, zu dem kleinen Verschlag, wo sie einst ihr Eheglück genoss.

Inga hatte einen guten Plan ausgetüftelt und sie konnte sich eigentlich sicher sein, dass ihr Mann über den Tag genügend Verpflichtungen eingegangen war, damit ihr Techtelmechtel mit Gregor nicht auffliegen konnte.

Das war der Plan. - Aber ihr Mann hatte seine eigenen Pläne am Laufen. Seine Verpflichtungen für den Tag wollte er so schnell wie nur möglich abarbeiten. Er hatte anderes im Sinn und nur Gedanken für die eine übrig - die süße Kleine, die seine Begierden so anstachelte.
Als er mit seinen Arbeiten und Besprechungen durch war und auf dem Weg zu seiner Süßen, fuhr er aus Instinkt, oder Zufall, an der Stelle vorbei, wo Inga ihren Mini geparkt hatte.
Er konnte sich keinen Reim daraus machen, warum seine Frau gerade hier angehalten hatte, wo sie doch seit Ewigkeiten nicht mehr in dieser Gegend war. Das machte ihn schon neugierig. Er parkte seinen Range Rover in der Nähe und begab sich auf Spurensuche.

Als Jäger war er gewohnt, sich an ein Ziel heranzu-

pirschen. - Vielleicht war sie nur kurz ausgestiegen um zu pinkeln ... aber irgendwie hatte er einen diffusen Verdacht, dass seine Frau etwas anderes hier im Schilde führte.
Er wurde zwar abgelenkt durch seine neue Eroberung, aber ihm war doch aufgefallen, dass seine Frau sich verändert hatte. Er fand sie irgendwie abgelenkt und aufgedreht, wenn er sie sah. Sie schien andere Klamotten zu bevorzugen, als noch im letzten Monat, oder den Monaten davor ... und, sie trug wieder ihr Lieblings-Parfüm, das sie seit langem nicht mehr aufgetragen hatte ...

Stutzig wurde er, als seine Frau seinen Wagen unbedingt haben wollte, um damit in die Stadt zu fahren und anschließend ihre Freundin zu besuchen. Beim Blick in den Laderaum, fielen ihm an dem Tag die vielen Decken auf, die sie im Rover durch die Gegend gefahren hatte. - Für welchen Zweck? - Das und alles andere fand er ziemlich merkwürdig.
Sonst schien sie eher niedergeschlagen und wortkarg. Kaum, dass sie ein paar Worte mit ihm wechselte. Sie wartete auch abends nicht mehr auf ihn, wenn er mal länger ausblieb. - Sie schien aufgeblüht und war auch sonst in letzter Zeit gut drauf, was er sich nicht erklären konnte.

Wenn sie sich nur erleichtern wollte, dann hätte er sie bestimmt schon entdeckt. Warum sollte sie dafür so weit in den Wald hineinlaufen?
Eine unbestimmte Wut stieg in ihm auf. Irgendwie fand er es dann doch lächerlich, hier weiter im Unterholz herumzuschleichen. - Es drängte ihn nach seiner Freundin, die auf ihn wartete und die ihn auf so subtile Weise befrie-

digen konnte. - Stattdessen war er hier und verfolge seine Frau!?

Doch sein Jagdinstinkt kehrte zurück und war im Moment stärker, als alle anderen Dinge, die er jetzt bevorzugt hätte. Und auf seine Nase war doch bisher immer Verlass gewesen.
Er schritt unbemerkt auf die Lichtung zu und erblickte, in kurzer Entfernung, seinen geliebten Hochsitz. Hier schien ihm die Welt so unberührt und friedlich, dass er wieder ruhiger und entspannter wurde.
Eine leichte Frühsommerbrise strich um sein Haar. Er schloss kurz die Augen und genoss diesen einen Moment, wo man ganz in der Natur war und er sich am heimeligsten fühlte.

Seine Suche wollte er schon abbrechen - aber dann bemerkte er doch etwas. Dort oben schien wirklich jemand hochgeklettert zu sein. Er hörte eine Frauenstimme und gleich darauf, dass ein Specht davon gestört wurde und aufflog. Von seinem Stand aus hatte er eine eingeschränkte Sicht auf die Kanzel.
Im Moment dachte er gar nicht an seine Frau, sondern eher an ein Pärchen, das sich dort oben vergnügen wollte. Da kannten die da oben aber seine Berufsehre schlecht. Hier musste er einschreiten, damit die Ruhe im Revier wieder hergestellt wurde.

Er wollte schon vorpreschen, als er kurz innehielt. Er begriff erst kaum, was er dann wahrnahm. Er traute kaum seinen Augen und seine Stimmung fiel mit jeder Sekunde. - Dort oben sah er plötzlich die Locken und das Gesicht

seiner Frau, die aus einer der Schießscharten auftauchte.
Ungläubig nahm er sein Fernglas zur Hand und sah dann noch deutlicher, was sich da abspielte. Sie schien sich über die Luke zu beugen, um einen besseren Blick auf die Lichtung zu bekommen, so wirkte es zumindest. Aber irgendwie schien sie ins Leere zu blicken und war völlig selbstvergessen mit sich, oder, wie beharrlich in sich versunken.
Bei ihrer nächsten Bewegung schaute sie über ihre Schulter nach hinten, so, als ob sie ihren Hintern in Augenschein nehmen wollte.

Der Jäger schaute gebannt zu, was da vor seinen Augen ablief. Er konnte sich erst keinen Reim daraus machen, dass sie so mutterseelenallein da oben stehen sollte und sich auch noch räkelte und die Hände dabei vorstreckte?
Dann hörte er sie einen Stoßseufzer hervorbringen, der ihm irgendwie vertraut war und der ihn an etwas Intimes erinnerte. Es folgten noch weitere Seufzer und auch ein ausgelassenes Stöhnen, wobei sie den Kopf hochriss und versuchte, auch noch ihren Oberkörper durch die Öffnung zu zwängen. -

Dies verstörte ihn nun vollends. Doch dann sah er den Grund für dies alles und er traute, weder der Optik seiner Ferngläser, noch seinen eigenen Augen.
Es schnürte ihm die Kehle zu und sein Magen schien ihm in den Unterleib zu rutschen. Mund und Rachen fühlten sich plötzlich trocken an und ein unbändiger Durst stieg in ihm hoch. Seine Arme und Hände begannen zu zittern und er wünschte sich weit weg von diesem Ort.
Seinen Flachmann hatte er im Wagen zurückgelassen, dort, wo er ihm jetzt nichts nützte. Was sollte er bloß tun,

um seine Wut zu bändigen?

Der Schock kam auf leisen Sohlen und drang immer tiefer in sein Bewusstsein. Er musste zur Kenntnis nehmen, dass jetzt weder der Flachmann, noch etwas Stärkeres, ihm hätte helfen können. - Und, dass er nicht für möglich gehalten hätte, dass er am Ende ein solch frostig-übles Gemisch, aus Wut und Hass, auf seine Frau hätte entwickeln können. - Nichts konnte dies abmildern und nichts hätte seine wachsende und ausufernde Eifersucht eindämmen, ausgleichen - oder gar tilgen können ...

Inga war schon jetzt im siebten Himmel, obwohl Gregor noch kaum etwas mit ihr angestellt hatte. Doch die Art der Verführung, die er nun bei ihr wählte, ließ ihre Scham vollends fahren.
Nachdem sie oben die Knutscherei fortgesetzt hatten, drehte sich Inga ein wenig weg von ihm und blickte vom Hochsitz auf die Lichtung hinunter. Ihr ganzer Körper begann zu kribbeln und sie konnte sich gar nicht erklären, warum sie bereits so heiß drauf war.
Sie streckte ihm den Rücken entgegen und dann noch ihren Po, den sie ihm lasziv anbot und vor ihm kreisen ließ, da sie genau wusste, dass es ihren Lover auf Touren brachte.

Gregor war geschmeichelt von ihrer Freizügigkeit, dass er gar nicht anders konnte, als ihr Kleid zu lüften - und ihr Höschen gleich mit dazu.
Das war für Inga wie ein Zeichen. Sie schob ihr Hinterteil noch mehr zurück und höher, so dass Gregor all das Verbotene in Augenschein nehmen konnte. - Dann sank er auf

die Knie und legte seine Hände auf die Pobacken, spreizte sie langsam auseinander und begann mit seiner Zunge ihr Intimstes zu küssen und abzuschlecken.
„Verdammt, ist das geil … oh, ja, leck … leck schön die Möse, dann kannst du sie gleich … in Beschlag nehmen!" - Das klang fast wie ein Flehen.

Und selbst, wenn die Örtlichkeit dem Vorhaben ein wenig entgegenlief - denn die Kanzel war weder geräumig genug für ein wildes Gerangel, noch konnte man wirklich stehen, bei der niedrigen Decke - war es für ihn der schrankenlose Diensteifer, der nach einer solchen Bitte mit ihm durchging.

Inga ließ sich gehen, wie sie sich noch nie hatte gehen lassen. Gregor konnte sie befeuern wie er wollte, alles was er tat, schlug bei ihr an und brachte sie noch mehr aus dem Häuschen. - Der Fick von hinten gefiel ihr ausnahmslos. So in der freien Natur und unter dem weiten Himmel. Als ob es das erste Mal für sie gewesen wäre, hier oben - und in dieser Stellung.

Ihr Orgasmus flutete langsam heran und nachdem sie meinte, dass das nun alles war, rollte eine zweite Welle, über die erste und törnte sie weiter an.
Zum Glück konnte sie die Schießscharte mit den Händen als Halt nutzen, da ihre Beine und Schenkel arg zitterten und fast den Dienst versagten, bei all den Manövern.

Als er in sie eindrang, war es wie ein warmer Fluss, den seine Rute durchschwamm. Er durchpflügte sie ausgiebig und stoppte immer dann, wenn er meinte, dass sie kommen wollte. Allerdings konnte er dies Spiel nicht allzu lang treiben, da sie dem Höhepunkt schon sehnsuchtsvoll entgegenfieberte.

Währenddessen meinte Inga - aus dem Augenwinkel heraus - einen wandernden Schatten im Unterholz und zwischen den Bäumen wahrgenommen zu haben. Aber ihre Ekstase war so einnehmend und heftig, dass sie diesem Sinneseindruck nicht weiter Beachtung schenkte.

Dieser Gregor blieb ihr in Erinnerung, der sie zu nehmen wusste, so ganz nach ihrem Geschmack.
Ihren Orgasmus sollte sie noch lange nachspüren, als eines der letzten großen Empfindungen, die sie im Gedächtnis bewahren sollte.

Nachdem sie Gregor zuhause abgesetzt hatte, versprach sie ihm, sich bald wieder zu melden.

Es verging eine Woche, dann die nächste, wo Bäumer jeden Tag an sie dachte. Dann kam die dritte Woche und immer noch keine SMS von Inga. Er wurde langsam nervös und konnte sich diese lange Funkstille nicht erklären.

- - -

Dann entdeckte er im Lokalteil seiner Zeitung folgende Randnotiz:

Ehedrama im Forsthaus Klinger
Wie erst jetzt bekannt wurde, kam es zu einer tödlichen Auseinandersetzung im Forsthaus Klinger. Es sei erst jetzt publik geworden, da der Ehemann den toten Körper seiner Frau, im Laderaum seines Range Rovers, unter einer Plane versteckt, tagelang durch die Gegend gefahren hatte, bevor er sich der Polizei stellte.
Über die Tat und deren Umstände, und wie es zu dem tödlichen Ausgang kam, schweigt sich der Ehemann aus. - Die Ermittlungen wurden aufgenommen.

4.

Der unschlüssige Freier

Seit einigen Tagen kam er an diesen Ort, an diese spezielle Stelle. Das geschäftige und begehrliche Treiben war nur ein Steinwurf entfernt. Was er sah nährte zwar seine Sehnsüchte, aber er gefiel sich vorerst in der Betrachtung. Er empfand es wie ein erstes Vorspiel, das in der reinen Anschauung seine Begründung fand.

Mit raubeiniger Entschlossenheit kamen die einen - mit schüchterner Unbedarftheit die anderen. Jeder hatte seine eigene Art der Annäherung und des Anbändelns. Manches war bühnenreif, anderes nur erbärmlich.

Die Sehnsucht war da, aber etwas hemmte ihn. Zuweilen lehnte er sich gegen die Mauer, die an dieser Seite entlanglief. Dort fühlte er sich sicher. Im Geiste trieb ihn sein Wille bereits näher heran. Doch im letzten Moment ließ er es dann bleiben und trottete von dannen.
Einmal sagten ihm die Damen nicht zu, die da auf und ab flanierten. Dann war der Verkehr auf der Meile zu unübersichtlich, oder er fühlte sich unwohl, vom bloßen Zuschaun. Oft verfluchte er seine Unentschlossenheit, eine mögliche Chance vertan zu haben. Dies alles schürte aber nur seine unbefriedigten Gelüste.

Eines Nachmittags sah er eine, die er noch nicht gesehen hatte - vielleicht war sie gerade erst dort *platziert* worden. Wie gebannt schaute er auf sie, die noch unsicher und verlegen war und die ihren Stand, von einem -auf den anderen Fuß, verlagerte.

Sie hatte eine rote Weste übergestreift, die eine Nummer zu klein wirkte. Am Kragen haftete wohl ein billiger Fellbesatz, der für den nötigen Kontrast sorgen sollte. Ihm fielen besonders die schwarzen Netzstrümpfe auf, die sich - unter den kurzen Hotpants - über ihre langen Beine hinzogen. Das blaue Jeans-Höschen war etwas lädiert und franste an den Säumen aus. Ihre Hände steckten in der ärmellosen Weste, so dass ihre Ellbogen spitz und ungeschützt hinausragten.

Selbst von seiner Warte aus konnte er sehen, dass sie eine Perücke trug. Der künstliche Pony reichte weit über ihre Stirn. Die Haarfarbe war eine Art Pink, und, je nach Lichteinfall, wandelten sich die Strähnchen in ein Blau oder Aubergine. Sie trug einfache Turnschuhe, keine Pumps, wie die anderen Mädchen. Dadurch wirkte sie eher sportlich als lasziv.

Mit der Zeit wurde sie selbstbewusster, oder hatte einfach keine Lust mehr, auf einer Stelle zu stehen. Sie glitt an den anderen Damen vorbei, die es vorzogen auf einem Fleck zu bleiben. Ein kleines Handtäschchen, das sie an einem langen Riemen um die Schulter trug, schwang mit jeder Drehung der Hüften mit. Sie schien jünger als die anderen, allerdings konnte er sich auch täuschen. Ihre Perücke tarnte eher ihr Gesicht und warf einen milden Schatten darüber. Die anderen Damen schauten sie missmutig an, da sie aus der Reihe tanzte und ihren eigenen Stil in die Waagschale warf.

Er war fasziniert von ihren Bewegungen. Wie sie mit ihren langen Beinen und den Hotpants einherschritt. Es war wie ein ungestümer Catwalk - als ob sie sich nicht entscheiden konnte, ob sie bleiben oder verschwinden sollte.

Er wusste nicht was er tat - unwillkürlich gab er sich einen Ruck und ging mit raschen Schritten zur anderen Seite. - Er war von sich selbst überrascht, dass er noch einen Funken Spontanität in sich trug. Vielleicht war es auch ein Helfersyndrom, das ihn auf Trab brachte; der Gedanke an ein „junges Küken", das seiner *Obhut* bedurfte?

Am Anfang der Meile stellte er sich auf und wartete, bis die Dame von ihrem Gang zurück war. Für die anderen hatte er keinen Blick übrig.
Erst bemerkte sie ihn gar nicht, der sie so fixierte und dastand wie ein Baum. Dann aber nahm sie ihn wahr, vor einer Gruppe von Frauen, und dass er nur Augen für sie hatte. Erst wollte sie ihm ausweichen, oder gleich wieder auf dem Absatz kehrt machen, doch dann überlegte sie nicht lange, blieb abrupt vor ihm stehen, der partout nicht weichen wollte und blickte genervt in seine unsicheren Augen.

„Hallo, schöne Frau, wie wär´s mit uns beiden?", das sagte er recht warmherzig und überaus standhaft zu der Dame, obwohl es ihm unanständig vorkam, überhaupt so etwas zu äußern.

„Wo steht denn ihr Auto?", wollte sie wissen.

„Ich bin zu Fuß, ich wohne um die Ecke - wenn sie möchten, können wir zu mir ...", hier wurde er etwas kleinlaut und war sich nicht sicher, ob er mit dieser Ansage bei ihr landen konnte.

„Wir dürfen mit den Freiern nicht mitgehen, eine schnelle Nummer im Auto, ja, aber weiter geht das hier nicht!"

Er schien enttäuscht von ihrer Antwort. - Jedoch sagte sie beschwichtigend, um den Ersten an diesem Tag nicht abblitzen zu lassen: „Ich hab noch nicht gefrühstückt ... vielleicht könnten sie mich ja einladen, ich kenne da eine Patisserie, nur zwei Minuten entfernt von hier?"

- Er kannte die Patisserie ebenfalls, war dort schon einige Male gewesen, zumindest früher einmal mit seiner Frau, als sie noch ein halbwegs glückliches Paar waren. - (Nur einen Straßenzug entfernt davon, fristete er jetzt sein Leben.) -

Er bejahte ihren Vorschlag, war froh, dass sie nun doch mit ihm ging, wenn auch nur zu diesem Café, das er seit seiner Trennung nicht mehr betreten hatte. Daran hingen etliche Erinnerungen, die er eigentlich nicht wieder aufleben lassen wollte.

„Gut, dann machen wir das!", sagte er erleichtert, selbst, wenn sein Blick etwas anderes verriet.

Ihre Mitstreiterinnen waren nicht wenig erstaunt. In ihren Gesichtern spiegelte sich Unverständnis und Bedauern. Keine von ihnen hätte nur im Entferntesten daran gedacht,

mit einem unbekannten Typen in ein Café zu gehen. Hier stand das schnelle Geld im Vordergrund und der Zwang nicht aus der Reihe zu tanzen - was blieb ihnen anderes übrig.
Die mit den Turnschuhen bemerkte die Ablehnung der anderen, machte sich aber nichts daraus, oder überging es einfach und versuchte mit ihrer Eroberung schnell vom Platz zu kommen.

„Lassen sie uns verschwinden, sonst gibt es noch Ärger!", sie zog ihn rasch mit sich fort.

Die Patisserie war nur ein Katzensprung entfernt. Seit seiner Scheidung vermied er es, dort auch nur langzulaufen.
Jetzt war es wie ein Déjà-vu, als er davorstand und sich an die gemeinsame Zeit mit seiner Ingrid erinnerte. Vorm Eingang geriet er ins Stocken und ließ der jungen Dame den Vortritt - er trottete hinterdrein.

Er hatte fast vergessen, wie adrett und gemütlich es hier war, mit den frischen Gerüchen von Backwaren und Kaffeearomen. - Sie fanden einen freien Tisch.
Dann sah er sie genauer an. Es war erholsam und ablenkend zugleich ihrer Stimme zu lauschen, die nie Einhalt zu finden schien, so dass ihm ein Lächeln übers Gesicht schlich - ein Lächeln, das man selten an ihm sah.

„Sie können Lisa zu mir sagen, wenn sie möchten …!?"

Erst jetzt sah er, wie jung sie war und dass nur die Perücke sie älter gemacht hatte. Ohne auf eine Antwort zu warten, ergriff sie den Pony und zog das falsche Ding vom Kopf.

Zum Vorschein kam ihr dunkles Haar, das recht kurz geschnitten war und arg zusammengedrückt wirkte.

„ … Entschuldigung, aber das Teil kann ganz schön nerven, es kitzelte mich darunter und es sieht bestimmt blöd aus, wenn man sich kratzen muss. Denn dann verschiebt sich gleich die ganze Pracht und dass sieht doch zu komisch aus, oder …?"

„Macht doch nichts, so gefallen sie mir eh besser, ohne dem Ding und den künstlichen Farben." - Dabei blickte er sie erstaunt an, als ob sie eine Verwandlung durchgemacht hätte. - „Was möchten sie bestellen?"

„Ich nehme das kleine Frühstück!" - Sie kreuzte ihre Beine und eine kleine Laufmasche zeigte sich auf ihrem rechten Oberschenkel.

„Hallo Bedienung!" - Er schnippte mit den Fingern und gleich darauf kam die Serviererin, im schwarzen Kostüm und weißer Schürze. - „Bitte einmal das kleine Frühstück und zwei Tassen Kaffee!" - Sie schaute erst auf das Mädchen und dann auf den Herrn, den sie missmutig und länger als nötig ansah. Vielleicht erinnerte sie sich an ihn, dass er vor langer Zeit öfters hergekommen war. Man sah ihr allerdings an, dass sie den Gedanken gleich wieder verwarf und sich auf den Weg zur Küche machte.

Lisa wuschelte sich durchs Haar. Sie hatte einen kleinen Spiegel hervorgekramt und prüfte ihr Aussehen. Dann blickte sie neugierig und prüfend auf ihre *Eroberung*.

Ihre Jugendlichkeit verunsicherte ihn. Vielleicht dachte sie jetzt an all die Männer, mit denen sie schon zusammen gewesen war und wie er da hineinpasste. Bestimmt war da eine ganze Generation, die zwischen ihnen lag, und er musste sich anstrengen, ihrem Redefluss zu folgen.

In seiner Verunsicherung platzte es aus ihm heraus: „Ich mach das zum ersten Mal. - Wenn sie wüssten, was für eine Überwindung es war ... ich meine, jemanden auf der Meile anzusprechen ... und wie oft ich dort drüben gestanden bin und die Frauen beobachtet habe ..." - Er konnte nicht anders, als ihr dies zu beichten. Sein Geständnis war ja nicht gerade vorteilhaft für ihn, oder klang so, als ob es mit ihm einfach werden würde.

Sie versuchte ihr Bestes: „Aber wieso. Sie sollten sich locker machen, nicht so finster dreinschauen - damit vergraulen sie ja jede, die ihnen über den Weg läuft ..." - (Er verneinte schnell, dass er je wieder eine feste Beziehung eingehen wollte.) - „ ... weshalb denn, sie sind doch in den besten Jahren und sie haben ... ja, eine gewisse Ausstrahlung!"

„Meinen sie wirklich?"

„Aber ja, sie wirken sympathisch ... auch agil, wenn sie nur wollten - und sie sehen gut aus ... da ließe sich was machen - es liegt nur an ihnen!" - Sie war verwundert über sich selber, dass ihr solche Sätze über die Lippen kamen. - ('... Man sollte seinen Freier bei Laune halten, ihm zusprechen, gefällig sein, aber nie die Kontrolle verlieren!' - So hatte es Timo ihr eingebläut.)

Beide schwiegen für eine Weile und warteten auf die Bestellung. - Dem Mann ging all das durch den Kopf, was sie gerade über ihn gesagt hatte. Wieso hatte er überhaupt davon angefangen? - Sah er wirklich so einsam aus, dass sie ihm gute Laune einzutrichtern versuchte? -

Als dann ihr Gedeck eintraf und der Kaffee vor ihnen dampfte und angenehm roch, hob der Mann seine Tasse und sagte: „Ich bin der Richard, kannst ruhig du zu mir sagen."

Lisa musste schmunzeln über seine Äußerung und wiegte ihren Kopf dazu. Hatte er etwa vergessen, was beide hier in erster Linie zusammengeführt hatte?!

Richard schaute ihr zu, wie sie lustvoll ihr Frühstück anging. Sie schien ausgehungert. Er musste sie einfach ansehen, wie sie alles genüsslich aufnahm und dann noch mehr Kaffee verlangte.
Er nippte nur, dann und wann, an seinem Kaffee. Er fragte sich, woher sie kam und was sie bloß da draußen auf der Meile verloren hatte. Sicherlich wäre sie im Stande gewesen auch anderweitig ein Auskommen zu finden. Er traute ihr, allein vom Äußerlichen, auch anderes zu. Sie wirkte aufgeweckt und klug, mit ihrem frischen Gesicht und der kurzen Frisur.

„Ich hab sie noch nie gesehen, da draußen, auf der Meile. Also (er lächelte), erst heute sind sie mir dort aufgefallen, wie sie da so langliefen und allen die Show stahlen."

„Finden sie, habe ich auf sie den Eindruck gemacht ... das hört man gerne." - Sie nahm gleich eine straffere Haltung ein und paarte ihre Beine jetzt locker nebeneinander und die Füße weit unter den Tisch. - Sie wagte allerdings nicht, mehr von sich preiszugeben. Was ging ihm das an! -
Die Turnschuhe hatte sie abgestreift - sie liebte es einfach, ohne Schuhe an den Füßen, es war so viel bequemer.

Warum sie nur auf den zweiten Teil seiner Frage reagierte, war ihm gar nicht aufgefallen. Er fand es reizvoll, wie sie so lässig dasaß, in ihren Netzstrümpfen, den Hotpants, der grellen Weste und der engen Bluse darunter.
Wenn er daran dachte, wie harmlos der Tag begonnen hatte. Und nun saß er wirklich hier und schaute auf ihre herausfordernde Weiblichkeit. Er fantasierte, dass sie ihr Leben in vollen Zügen genoss, und nichts dabei ausließ.

„Wollten wir uns nicht duzen?!" Der Mann sah ein wenig enttäuscht aus, als ob dieses *Du* für ihn eine besondere Wichtigkeit gehabt hätte.

„Wie gesagt, ich bin die Lisa, mehr Privatheit geht leider nicht." - Sie war amüsiert über ihre eigenen Worte.
„Schön, dann lassen wir es dabei." - Er verstand nicht, warum sie so strikt damit war - dadurch wurde er einer unter vielen. Ihm fiel aber ein, dass es wohl zum Verhaltenskodex gehören konnte.

Nachdem sie ihr Frühstück eingenommen - und er die Rechnung beglichen hatte, fragte er sie, fast schüchtern und die abschlägige Antwort schon erahnend: „Wie ist es Lisa, kann ich dich in meine Wohnung einladen ...

würdest du mir die Freude machen, mich zu begleiten?" - Er holte erneut sein Portemonnaie hervor.

Als er es öffnete, lugten viele Hunderter hervor. Es sah aus, als hätte er kurz vorher an einem Geldautomaten frisches Geld gezogen. - Sie war einfach nur baff. - Bis jetzt hatte sie bei ihrer Tätigkeit keinen kennengelernt, der mit einer so prall gefüllten Geldbörse hantierte!? -

„Wer so nett fragt, dem kann man doch keinen Wunsch abschlagen!" - Sie schien geschmeichelt von seiner Wertschätzung und er war froh, den richtigen *Ton* getroffen zu haben.

Er reichte ihr einen dieser hunderter Scheine, damit sie sah, dass es ihm ernst war und er sie nicht hintergehen wollte; dass er nur *lautere* Absichten hegte - egal, wie es andere empfunden hätten.
Geschickt und unauffällig schob sie den Schein seitlich in ihr Höschen. Sie schnürte ihre Schuh, setzte die Perücke wieder auf und schaute ihm mit Bedacht in die Augen. Dann erhoben sich beide und verließen das Café.

Obwohl er kaum an seine Frau gedacht hatte, war er froh, wieder draußen zu sein und, mit jedem Schritt weg davon, ging es ihm besser.
Auf dem Weg fühlte er sich wie einer, der mit seiner jungen Tochter einherschritt. - Allerdings verdrängte er den launigen Gedanken gleich wieder, denn dies war nicht seine Tochter - noch hätte er eine vorzuweisen gehabt - und er machte auch keinen harmlosen Spaziergang, mit dieser hier.

- Früher hätte er allerdings nichts dagegen gehabt, wenn es zu gemeinsamen Kindern gekommen wäre. -
Eine gewisse Ernüchterung fiel plötzlich über ihn und er fühlte sich, trotz der jugendlichen Begleitung, einsamer als je zuvor.

Lisa fühlte sich etwas unbehaglich. Sie wusste nicht, ob sie gerade die richtige Entscheidung getroffen hatte. -
Timo würde im Dreieck springen und ihr vermutlich den Kopf waschen, nachdem er seine Wut an ihr ausgelassen hätte. - Zwar fand sie ihr Gegenüber irgendwie sympathisch, aber man konnte ja nie wissen ... Es fehlte ihr schlicht an Erfahrung.

Er überlegte, was sie jetzt wohl von ihm dachte. Hatte sie Angst, dass er sein „wahres" Gesicht erst noch zeigen könnte? Oder war sie schon einmal in dieser Situation gewesen? Tat sie etwas Verbotenes, gegenüber ihrem Arbeitgeber (-welchem Arbeitgeber?-), oder setzte sie sich einfach darüber hinweg ... hatte sie den Spielraum, selbst zu entscheiden ...? -
Er wusste es nicht - vielleicht ergab sich das später, wenn er sie des Öfteren sah, dann würde er sie besser einordnen und verstehen können. - Von einem Wiedersehen war er jetzt schon überzeugt.

- Lisa erinnerte sich an ihren ersten Freund, der sie später schamlos hintergangen hatte. Aber welch eine Fügung - er war zumindest ein guter Lover gewesen! Dies musste sie zugeben und ihm hoch anrechnen, egal, was im Nachhinein alles schief gelaufen war. Er hatte sich wirklich Mühe gegeben, ihre Lust zu wecken und ihre Jungfräulichkeit zu

knacken - oh ja - da gab es kein Vertun!
Wozu hatte sie ihre erogenen Zonen? Er suchte sie alle auf, mit seinem Forscherdrang. Vor allem ihre zarten Lippen, die noch unbedarft schliefen, schleckte er wach mit seinen Küssen und seiner Zunge, so dass es ihr im Schritt hinuntertriefte und es sie kirre machte, bloß daran zu denken, was er als Nächstes mit ihr anstellte und sie nicht abwarten konnte, von ihm genommen zu werden.
Dann trieb er geduldig sein steifes Ding hinein und raubte ihr die Unschuld. - Es tat nur kurz weh und dauerte nicht lang, bis er sie zum Höhepunkt brachte. -
Mein Gott, wie lange war das her ... und wie unerfahren und unbedacht sie damals doch noch war. Und mit welcher Begeisterung sie das Leben annahm und wie all die Empfindungen sie aus der Bahn zu reißen schien ... -
Den Ersten vergaß man doch nie ... nur hatte sie geglaubt, dass es noch lange gutgehen würde.

Den Zweiten konnte sie nicht ausstehen, aber er roch so verdammt gut. Und die hübschen Locken, die ihm bis auf die Schultern fielen ... Er hatte einen Riesenschwanz, mit dem er sie einfach immer rumkriegte und die Lust aus ihr herausvögelte. - Der aber auf Abwege geriet und es nicht lassen konnte, auch andere mit seinem Großen zu beglücken.

Die Nächsten waren ebenfalls keine Engel. Immer geriet sie an die Falschen, bis die Einsicht sie eines Besseren belehrte. - Lag es an ihrem Temperament, oder an ihrer Naivität, dass die Typen am Ende stets davonliefen? Immer, wenn sie sich darüber den Kopf zerbrach, kam sie nicht weiter damit. Manchmal fühlte sie sich wie ein Spielball, der herumgereicht wurde, ohne, dass sie etwas hätte entgegensetzen können. Da war sie oft unentschieden und ließ sich gefährlich treiben.

Und nun das! Ihr neuer Freund Timo entpuppte sich als etwas vollkommen anderes, als sie gedacht hatte. Wie konnte sie sich bloß so täuschen lassen?
Er hatte ihr kleine Geschenke gemacht und sie immer daran erinnert, wie verliebt er doch in sie war. - Dies hätte sie abschrecken-, oder zumindest aufhorchen lassen müssen.

Bei ihm dachte sie manchmal an ein Kind, an ein aufsässiges, verwöhntes Kind, das keine Manieren hatte und das nur an sich und seinen Vorteil dachte. Erst fand sie ihn süß und ihre mütterlichen Instinkte schienen geweckt, doch dann driftete alles ins Negative und es war keineswegs mehr süß. - Sie hatte sich von ihm überrumpeln lassen, der ihr das einfache Geldverdienen versprach, da er doch ihrer Unterstützung so dringlich bedurfte. -

Sie nahm es als eine Art Abenteuer, oder Herausforderung, um ihr Sexleben zu bereichern. Das Geld, das man dabei verdienen konnte, war ein weiterer Ansporn und Timo tat sein Bestes, sie davon zu überzeugen. - So fühlte sie sich gewissermaßen euphorisch und war nur neugierig auf das, was noch kommen sollte.

Doch die Ernüchterung ließ nicht lange auf sich warten. Die Begegnungen mit den Freiern war alles andere als erfüllend und oft war da eine Brutalität im Spiel, die sie nicht für möglich gehalten hätte - oder es gab andere, die abwegige Wünsche äußerten, die sie keinesfalls erfüllen

wollte. Hin und wieder gab es auch Kurioses - selten aber war es nur harmlos - und das blieb eh die Ausnahme.
Es machte sie deprimiert und auch phlegmatisch, mit der Zeit.

Zu allem Überdruss verlangte Timo dann auch noch mehr von ihr, als sie abgesprochen hatten. Sie begann ihn zu hassen und es würde nicht mehr lange dauern, bis er das Fass zum überlaufen brachte.
(In dieser Zeit eröffnete sie heimlich ein Bankkonto und zweigte kleinere Beträge ab, die sie für sich anlegte.)
Diesmal wollte **sie** den Spieß umdrehen, selbst entscheiden und nicht über sich entscheiden lassen! - Allerdings war sie nicht naiv und wusste schon, dass es hier nicht so einfach werden würde und sie viel Kraft und Entschlossenheit brauchte, um von diesem Kerl loszukommen! ... -

Mehrere Türen eines Reihenhauses zeigten sich in Abständen zur Straße hin. Sie schritten daran vorbei. Den letzten dieser Eingänge steuerte Richard nun an und sagte aus Verlegenheit: „So, hier müssen wir rein, dort oben ist mein Domizil. Wir brauchen nur ein paar Treppen hinauf."

Er ging die Treppen vor und sie schlich ihm nach. Er bemerkte nicht, wie sie hin und wieder zögerte und sich umsah. Noch hatte sie die Chance umzukehren und zurück auf die Meile zu laufen, in Sicherheit vor ihm und umgeben von ihren Mitstreiterinnen. - Doch sie hatte das Geld entgegengenommen, ohne an die Konsequenzen zu denken. Nun war sie im Zugzwang und konnte nichts mehr daran ändern.

Dann standen sie vor seiner Wohnungstür. Er schloss auf und ging vor. Erst durch einen kurzen Flur, bevor sie ins Wohnzimmer kamen.
Lisa spekulierte, dass sich hier, seit geraumer Zeit, nichts verändert hatte. Die Tapeten im Flur stammten aus einer Zeit, als noch große Blumenmuster Mode waren und Läufer und Teppiche zum Ganzen dazugehörten. Ein paar gerahmte Bilder hingen dort, die aber eher unpersönlich wirkten, als dass sie zu ihm einen Bezug gehabt hätten.

Das Wohnzimmer war einladender, aber auch nur, weil es großzügiger gestaltet war und die zwei großen Fenster mehr Tageslicht hineinließen, als man hätte vermuten können. Auch hier war die Einrichtung in die Jahre gekommen. Einzig ein neuer Fernseher, der auf einem sechziger Jahre Möbel stand, sprengte irgendwie die *kuschelige* Atmosphäre, die dieses Zimmer, wenn man denn gnädig war, zweifelsohne ausstrahlte.

Er schien zu ahnen, dass sie sich etwas unwohl fühlen musste, oder neben der Spur, in diesen Räumen und vielleicht auch in seiner Gesellschaft.
Er versuchte zu vermitteln: „Ja, seit dem Auszug meiner Frau habe ich nichts weiter verändert. Vielleicht sollte ich einen Maler beauftragen, der hier wieder etwas frischen Wind reinbringt. - Darf ich dir etwas anbieten, Lisa?!"

„Nein, danke. Bin noch gesättigt vom späten Frühstück! - Allerdings ... könnte ich einen Schnaps vertragen, wenn sie einen haben! - Haben sie einen, Richard ...?" - (Richard lief hinaus und kam mit Gläsern zurück. Glücklicherweise fand er noch eine Flasche im Wohnzimmerschrank, die

bereits Staub angesetzt hatte. - Beide prosteten sich zu.) -
„… Machen sie sich keinen Kopf, wenn sie sich hier wohlfühlen, dann ist doch alles gut … es ist ja … ganz gemütlich hier", sagte sie noch, um ihn bei Laune zu halten.
Unterdessen fixierte sie ihn genau. Man musste immer auf der Hut sein. - „Wie hätten sie es denn gerne, soll ich mich hier ausziehen, oder sollen wir´s woanders machen - ?" -
Sie wollte bereits Anstalten machen und sich ihrer Kleidung entledigen - sie stockte aber und schaute ihn fragend an.

Auf ihre ermutigende Frage war er nicht vorbereitet. Er empfand es erst einmal als angenehm, dass überhaupt mal jemand da war, nach dem Weggang seiner Frau. Es war auch so, dass er kaum Leute kannte, die er hätte einladen können.
Dies wurde ihm nun bewusst und er musste zugeben, dass er von den Umständen überwältigt war.
So fiel ihm nichts ein zu erwidern und für Sekunden verstand er nicht den Sinn ihrer Worte, die sich auf den Wert des Geldscheins bezog - und der Dienstleistung, die damit verbunden war.

Doch langsam begriff er und nahm sie als das wahr, als das sie ihm erschien: als eine, die Zügellosigkeit und eine unwiderstehliche Körperlichkeit ausstrahlte. - Vielleicht würde er ja wieder Lust empfinden können, nach einer so langen Pause. - Nur so ergab es für ihn einen Sinn.

Die Zeit des Wartens war vorbei. Es war eine Illusion. Er hatte seiner Ex weiter Briefe geschrieben, ohne, dass sie je darauf geantwortet hätte. Bis die Briefe zurückkamen mit dem Vermerk: 'Absender unbekannt verzogen'. - Dies hatte ihn arg getroffen und er bezog alle Schmach auf sich. -

Sie blickte ihn erwartungsvoll an. Richard konnte nur antworten: „Ja, gute Frage ... ich kann dir auch noch mein Schlafzimmer zeigen, aber ich überlasse es dir. Wenn du dich hier wohlfühlst, dann können wir es auch hier machen."

Er musste sich erst an den Gedanken gewöhnen, dass hier etwas Lüsternes und Schlüpfriges Einzug halten sollte.
Selbst in den glücklichsten Augenblicken mit seiner Frau war das Wohnzimmer für erotische Spiele immer Tabu gewesen. Wenn, dann gehörte *es* ins Schlafzimmer, ansonsten hätte man keinen Gedanken daran verschwendet.
Lisa musste feststellen, dass er weiterhin in sich gekehrt blieb, keine Wünsche äußerte und überfordert schien. So musste sie, wohl oder übel, etwas in Gang bringen. -
Dass mit dem „Gewerbe" hatte sie sich anders vorgestellt. Entweder waren es Rüpel, oder unschlüssige Typen, die man an die Hand nehmen musste. - „Na, dann machen wir es so, setzen sie sich ... in den Sessel dort - und ... schauen sie einfach zu - ja!?"

Er konnte ihr nur zunicken und ließ sich in den bezeichneten Sessel fallen. Unwillkürlich verglich er ihre Gestalt mit der von seiner Frau. Er konnte nicht anders.
Klar, diese hier war jünger und schmaler, nicht unbedingt hübscher - vielleicht abgebrühter - und, in jedem Fall freizügiger.
Seine Frau verschwand immer im Bad, um sich vorzubereiten und kroch dann schnell unter die Decke, bevor er

überhaupt ein Stück Haut von ihr erhaschen konnte. Dies änderte sich kaum im Laufe ihrer Ehe.
Er fand es eintönig. - Doch musste er zugeben, dass er selber nicht der Typ war, der freier damit umgegangen wäre.

Lisa versuchte es mit einem Striptease. Das hatte bisher immer funktioniert, Aufmerksamkeit zu erregen. Es sollte doch mit dem Teufel zugehen, wenn da keine Reaktion entstünde.
Sie suchte dazu eine Musikquelle, die alles untermalen sollte. Sie sah aber nur ein altes Radio. Das schaltete sie ein und fand gleich einen Sender, der annähernd das *Richtige* spielte und ihr Unterfangen hübsch illustrieren konnte.

Sie entkleidete sich gekonnt, das musste er zugeben. Ein Striptease war ihm noch nicht untergekommen, vielleicht mal aus der Glotze, aber nicht im wahren Leben.

Als Erstes flog die Perücke durch den Raum und landete auf einem Lampenschirm. Die Weste streifte sie mit einem Schulterschwung ab, ließ sie vor ihm pendeln und warf sie dann elegant in seine Richtung.
Mit den Hotpants ließ sie sich Zeit. Sie drehte sich mit der Melodie, zeigte sich von ihrer, ebenfalls hübschen Kehrseite und streckte ihm ihren Po entgegen. Sie schwang ihre Hüften dazu und streifte die Hotpants, Zentimeter für Zentimeter ab, so dass er darunter das filigrane Bündchen ihres Höschens aufscheinen sah.
Als die Hotpants weg waren, konnte er an dem Slip ihren Hintern durchscheinen sehen, was ihn erst verwunderte und dann in Anspannung versetzte.

Er wusste nicht, ob dies Blankziehen einstudiert war und zu ihrem Programm gehörte, oder ob es allein ihm galt.
Seine Stimmung wurde jedenfalls schlagartig besser - mit der Musik und dieser unbekannten Frau, die sich vor ihm wild und hemmungslos gebärdete.
Sie zog ihn in den Bann und er konnte den Blick nicht von ihr wenden. Er rutschte noch ein wenig im Sessel hin und her, um es sich bequemer zu machen - so deutete er zumindest seine Erregung.
Ihre Freizügigkeit ließ auch seine Hemmschwellen sinken. Er konnte nicht anders, als den Reißverschluss seiner Hose zu öffnen, da es ihm dort unten schon recht eng wurde und fast schmerzte. Er hätte nicht vermutet, dass es ihn gleich so anmachen würde. Er tat es mechanisch, ohne dass er den Blick von ihr gewendet hätte - rein aus der Bedrängnis heraus.
Das entging Lisa nicht und sie fand es lustig und gleichzeitig anregend, dass der weiße Stoff seiner Unterhose zum Vorschein kam und sich aufblähte. Sie war froh und schrieb es ihrer Geduld zu, dass da doch noch Leben in ihm war - man musste es nur hervorkitzeln.

Die Bluse knöpfte sie schnell auf und stand dann im BH da, der wirklich reizend an ihr aussah und den Busen fein hervorhob.
Dann waren die Netzstrümpfe an der Reihe. Langsam rollte sie die Strümpfe hinunter und enthüllte nach und nach ihre helle, seidige Haut; erst kamen ihre strammen Schenkel zum Vorschein, dann ihre spitzen Knie und schließlich ihre schmalen Füße. Als sie die Strümpfe von ihren Zehen löste, zeichnete sie mit den Nylons einen weiten Kreis in die Luft.

„Na, Richard - genüge ich ihren Ansprüchen?" - Den Spruch hatte sie sich zu eigen gemacht, da sie wusste, was es für Gedankengänge bei ihren Freiern auslöste.

„O ja, weiter so, es gefällt mir immer besser!" - Seine Stimme war erregt und sie verstand, was er damit andeuten wollte.
Die Netzstrümpfe landeten in seinem Schoß und auf seiner prallen Unterhose.

Dann machte sie eine halbe Drehung und zeigte ihm erneut ihre Rückseite. Die Häkchen vom BH löste sie flink und ohne Mühe. Dann wieder eine Wendung, wobei sie die freie Hand in die Höh streckte, wie eine Tanzpose zur Musik - und mit der anderen hielt sie den BH noch schützend vor ihren Brüsten.
Auf den Fußballen tänzelnd, gekonnt ihr Gleichgewicht haltend und, mit den Zehen lautlos über den Teppich gleitend, kam sie vor. Da war kein großer Abstand mehr und Richard empfand es als einen besonderen Glücksmoment, als sie so gemächlich und jeden Schritt betonend näherkam.
Jetzt war sie ganz nah bei ihm, neigte ihren Oberkörper, so dass die Halterung des BH's frei vor seinen Augen schwang.

„Das Häkchen festhalten, ja?! Egal was passiert!" - Weit lehnte sie sich vor und berührte mit einem BH-Körbchen fast seine Nasenspitze. Dabei zitterte sie etwas, da sie nicht genau wusste, wie er auf ihre Aufforderung reagieren würde.

Er war überwältigt und fast stockte ihm der Atem. Wie nah und präsent sie doch war. Diese glitzernde Haut und dieser Geruch, der nach Schweiß und etwas Wohligem roch. Es nahm ihn ganz ein, als ob er gleich eins mit ihr werden könnte. Hatte er je einen solchen Geruch verspürt? Oder je eine so seidige, glatte Haut vor Augen gehabt? - Sein Herz klopfte jetzt schneller. Er saß verkrampft in seinem Sessel, ohne sich von der Stelle rühren zu können.

Mit Daumen und Zeigefinger griff er langsam nach dem Verschluss und hielt daran fest, als ob es dabei um alles ginge. - Dann löste sie langsam ihre Hand vom BH und ließ ganz ab davon.

Plötzlich waren da ihre festen Brüste, nackt und schutzlos, die kurz hin und her schwangen; mit den Nippeln und Vorhöfen, die ihn wie Augenpaare hypnotisierten. Ganz sanft und unschuldig wirkten sie, die in hell-rosa vor ihm verschwammen, da er seinen Augen nicht mehr traute.

So hatte er mehr als die Hälfte seines Lebens hinter sich gebracht, um dies einmal miterleben zu dürfen. -
Ihm wurde heiß und kalt. Was sollte er bloß tun? Sollte er ihre steilen Knospen berühren, sie schnippen oder kneifen, oder gar daran lutschen? Alle Möglichkeiten schwirrten durch seinen Kopf, aber am Ende war er nur baff, dass sie ihm alles so freizügig präsentierte.

Doch bevor er noch reagieren konnte, wich sie zurück und drehte sich noch einmal - immer bedacht auf ihre Körperhaltung und mit den Fußballen die Balance haltend. Dann krümmte sie ihren Rücken und zog mit spitzen Fingern ihr

Höschen herunter.
Sogleich kam ihr blanker Hintern zum Vorschein, der heller war, als alles andere, was sie ihm bot.
Noch blieb sie in dieser Stellung und zeigte ihm ihre breiten Pobacken. Und noch etwas anderes leuchtete darunter, wie aus dem Hinterhalt: - ein krauses Geflecht dunkler Härchen, die ihn entzückten und mit dem Bodenlosen seiner Träume überraschte.
Als sie ihr Höschen nun ganz abstreifte, landete ihr letztes Stück Stoff, lautlos auf seinem Fernseher.
Sie drehte sich zu ihm, zeigte ihr breitestes Grinsen und steuerte splitternackt auf ihn zu.

Richard konnte kaum glauben, was er da sah. Gleichzeitig spürte er etwas Schweres auf seinem Magen. Er hätte nicht aufstehen können, selbst, wenn er es gewollt hätte.
Tänzelnd kam sie heran, immer näher, wie eine junge Gazelle. Sein Schwanz wuchs weiter und wippte heftig unter dem weißen Stoff.

Lisa erwies sich als gnädig. Sie hockte sich vor ihm hin, so dass ihre Brüste auf seinen Schenkeln aufsetzten. Dann griff sie beherzt in sein Höschen und ließ sein strammes Ding herausfedern.
Seine Eichel war blank und ein kleiner Lusttropfen hatte sich darauf gebildet. Lisa zeigte ihm ihre Zunge und leckte von einem, zum anderen Mundwinkel, um ihn weiter zu befeuern und anzumachen.

„Oh, Lisa, wenn du jetzt noch ...?!" - Er kam nicht weiter, mit seiner Bitte - .

Sie nahm seinen Steifen in die eine Hand und mit der anderen griff sie neben den Sessel und in ihre Hotpants. Dann angelte sie ein Kondom hervor, öffnete es mit ihren Zähnen und rollte es über seinen Schwanz. Sie rieb und strich daran ein paar Mal, um es zu testen. Dann nahm sie den so präparierten Schwanz in ihren Mund.

Richard lief ein Schauer über den Rücken. Das hatte noch keine an ihm vollzogen, und wie geschickt sie doch war mit dem Gummi. Erst wollte er die Augen schließen, blickte dann aber doch hinunter und sah ihr schmales Köpfchen mit den kurzen Haaren, das merkwürdige Bewegungen vollführte, zumindest aus seiner Perspektive.
Lisa hatte sich seinen Schwanz einverleibt und saugte gekonnt daran. Mechanisch lutschte sie auf und ab und leckte dann und wann an seinem Schaft, dass es ihm im Innern erbeben und glühen machte.

„Na, wie ist das, macht doch Spaß, oder …?!" - Sie ließ seinen Steifen fahren und blickte ihn unvermutet an. Aus ihrem Mundwinkel kam ein heller Tropfen, der langsam zum Kinn lief. Sie wirkte wie ein geschmeidiges Raubtier, das noch ein paar Geheimnisse zu lüften hatte.

„Ja, verdammt, bloß nicht nachlassen!", er keuchte seine Antwort hervor und wollte eigentlich nur genießen, was sie ihm bot.

Wieder senkte sie ihr Haupt und umfing seinen Schwanz mit ihrem weichen, feuchten Mund. Die Zunge ließ sie an seiner Eichel kreisen und entlangfahren.
Der Erdbeergeschmack vom Gummi löste sich schnell in

Wohlgefallen auf, ein Zeichen dafür, langsam zu Potte zu kommen.
Dann kam sie hoch, schaute auf seine Reaktion und fand, dass er seine Hemmschwellen fast überwunden hatte.
Sie drehte sich abermals und beugte sich nun weit hinunter. Da sah er jetzt nicht nur die paar dunklen Löckchen - ihm wurde ein noch tieferer Einblick gewährt.

„Kommen sie, nehmen sie ihre Finger und streichen sie über meine feuchten Lippen!"

Richard stellte sich unbeholfen an, wusste erst nicht wie, bis er ihren Aufforderungen folgte und es dann besser vonstatten ging.
Sollte er jetzt die Finger in ihr Loch stecken? Er wurde rot, als er es zitternd versuchte und den Eingang erst nicht fand.
Lisa half ihm auch hier und führte seine Finger dorthin, wo sie sie haben wollte. - Sie stöhnte ein wenig, obwohl es kaum wahrzunehmen war. - Richard dachte erst, dass es durch ihre unbequeme Haltung hervorgerufen wurde, aber dann fand er eine andere Erklärung …

Mit ihrer Hilfe fühlte er sich sicherer und schob und drängte mit seinen Fingern, bis er es hinbekam.
Dann erhob sie sich und zeigte ihm wieder ihre Vorderseite. Ihre Klit hatte seinen Schwanz noch größer werden lassen und er wippte ihr stramm entgegen. - Das reichte. - Sie setzte sich gleich auf ihn und ließ sich langsam daran hinuntergleiten.

Richard wusste nicht wie ihm geschah. Wie selbstver-

ständlich kam sie heran und schwang sich über seine Knie und hinunter auf seinen Schoß. Irgendwie hatte er nicht damit gerechnet - jedenfalls nicht so schnell.
Er fühlte nur kurz einen Widerstand, wie eine enge Hautfalte, die sich dann aber, wie von Geisterhand, öffnete. Er spürte, wie ihre feuchte Höhle über ihn kam und seinen Ständer vollständig verschluckte.
Dass er seinen Reißverschluss geöffnet hatte, war ihr wohl genug. Er fühlte sich komisch dabei, noch angezogen zu sein. Sie hingegen war nackt, geschmeidig, warm und hitzig. - Ein neidisches Gefühl regte sich in ihm.

Ihre Brüste wiegten und tanzten ganz nah vor seinem Gesicht, je nachdem, ob sie hochfuhr, oder sich wieder auf seine Schenkel setzte.
Der weiche Sessel machte es ihm unmöglich, noch groß seinen Körper zu bewegen, da er ziemlich eingesunken war und ihr Gewicht noch dazu beitrug. Zumindest versuchte er ihre Hüften zu umfassen, um ihre Bewegungen etwas zu beeinflussen.

Sie roch jetzt noch verwegener und atmete schneller. Richards Erregung zielte auf ihre steilen Nippel, die so nah waren und ungehemmt vor ihm auf und ab wippten - es war aber gar nicht so leicht, sie zu erwischen, da ihre Haut so glitschig vom Schweiß war und ihr Rhythmus es ihm zu verweigern schien.
Doch hin und wieder schaffte er es dann doch und kniff sie leicht mit den Zähnen, oder lutschte an ihren rosa Knospen. Gerne hätte er eine ganze Brust in seinen Mund genommen und wild daran gesogen, so unwirsch ließ ihn die Sehnsucht Unerhörtes spinnen.

Er hätte nicht gedacht, dass es auf Anhieb funktionierte. Schließlich hatte er diese Stellung noch nie zuvor genossen und befürchtet, dass sein Strammer einfach umknicken könnte, sobald sie ihn bloß anvisierte … aber nein. Alles war gut und lief wie geschmiert.
Seine Geilheit faszinierte und bedrängte ihn und er wusste, dass er es nicht mehr allzu lang würde hinauszögern können.

Lisa war erfreut. Dieser Richard … wenn er erst einmal Feuer gefangen hatte, dann gingen ihm schon die Zügel durch. Sie lächelte in sich hinein und wusste, dass sie eine gute Performance hingelegt hatte. Das gab ihr, trotz allem, ein gutes Gefühl.

Sie umfasste seine Schultern, da sie jetzt schneller auf und ab trieb. Dann hielt sie inne und lauschte, wie weit er mit seiner Lust war. - Sie spürte ein takt- und kraftvolles Pumpen da unter und sofort war ihr klar, dass sie nicht weiter auf ihn warten brauchte … Sie verhielt sich ganz ruhig, damit er den Orgasmus voll auskosten konnte. - So weit kam sie ihren Kunden entgegen.

Dann schwang sie sich von seinem Schoß hoch und fragte nach dem Badezimmer. - Sie stieg in seine altertümliche Wanne, brauste sich unten pfleglich ab und ließ den warmen Strahl noch eine Weile laufen. -
Der Spiegel, der dort hing war eher klein, aber er reichte, um prüfend hineinzuschauen und um sich bewusst zu werden, dass das hier nicht länger so weitergehen konnte.
Nachdem sie ein frisches Handtuch entdeckt- und sich trocken gerieben hatte, überlegte sie ihre nächsten Schritte.

Sie war in guter Stimmung und dachte nur flüchtig an diesen Timo, den sie zum Teufel wünschte.
Ihr fiel ihre Freundin ein, mit der sie heimlich telefoniert hatte. Sie wusste von Lisas jetziger Beziehung und konnte einfach nicht verstehen, dass sie auf so einen Loverboy hereingefallen war. Sie hatte ihr angeboten, wenn sie mit ihm durch wäre, könne sie gerne vorbeikommen. Sie würde ihr dann schon Unterschlupf gewähren!

Sie kehrte ins Wohnzimmer zurück und zog sich rasch an.
- „So, Richard, ich hoffe, sie haben das Zusammensein genossen und sind auf ihre Kosten gekommen. Vielleicht ist das ja für sie ein Anlass noch einmal darüber nachzudenken, was ihnen im Leben fehlt und was ihnen wieder Spaß machen könnte, nicht wahr?!"

Richard war noch ganz gefangen von den letzten glücklichen Momenten. Sein feuchtes Glied lag nun schlaff mit dem Gummi auf seiner Hose, doch bemerkte er das gar nicht, oder wollte es noch nicht wahrhaben, dass es vorbei war. -

„Ja, sie haben mich ganz schön rangenommen!" - Ohne groß zu überlegen, sagte er das, aber es traf ja zu.

Lisa nahm es streng. Für ihre Striptease-Einlage verlangte sie noch einmal hundert Mark obendrauf und bedankte sich dann artig. -
Den einen Hunderter wollte sie nutzen, um sich abzusetzen. Sie überlegte eine Zugkarte zu kaufen. Den anderen Schein würde sie ihrer Freundin geben, zur Überbrückung, bis sie was eigenes gefunden hätte.

Sie fühlte, dass es die richtige Zeit war, einen Schlussstrich zu ziehen. Die Gelegenheit war günstig und warum nicht jetzt?!
Timo hatte keine Ahnung von einer Freundin. Um so besser. So konnte sie zu ihr fahren, ohne davor Angst haben zu müssen, irgendwann entdeckt zu werden.

Wer weiß, vielleicht konnte sie noch einmal ganz von vorne anfangen, in einer anderen Stadt. Mit mehr Bedacht bei der Partnerwahl! Und ohne all die schrägen Typen, die ihr hier über den Weg gelaufen waren - oder besser, die über sie gestiegen kamen, ohne Rücksicht auf Verluste …

„Es freut mich, wenn es ihnen gefallen hat. Vielleicht begegnen wir uns irgendwann einmal wieder - wer weiß das schon?" - Sie blickte ihn kaum an, sondern war im Geiste bereits am Bahnhof. - Bloß weg von hier und zu neuen Ufern!

Richard wusste nicht, was er mit ihrer Antwort anfangen sollte, aber zumindest war er sich sicher, dass er sie bald wiedersehen würde.

5.

Im Aufzug

Täglich treffen wir Entscheidungen und werden mit Dingen und Situationen konfrontiert, die das Wohl und Wehe jedes Einzelnen betreffen. Manchmal sind es nur Minisekunden, die in die eine - oder andere Richtung weisen.

Apropos Richtung ... wer läuft schon gerne Treppen rauf, wenn es mit dem Fahrstuhl schneller und entspannter vonstatten geht. - (Den Gesundheitsaspekt einmal außer Acht gelassen.)

Dies wurde zwei Personen zum Verhängnis, die an einem Samstagvormittag - zur gleichen Zeit und am selben Ort - die schnellere Variante wählten.

Ein noch junger Mann im Nadelstreifenanzug betrat mit einem Lederköfferchen die Lobby des Stadthotels. Er steuerte mit schnellen Schritten in Richtung Aufzug. Auf dem Weg dorthin schaute er nervös auf seine Armbanduhr. -
'Scheiß Verkehr! Wollte eigentlich übers Treppenhaus nach oben, aber jetzt ist's zu spät. - Wäre dann eh außer Atem und womöglich verschwitzt angekommen ... also, kein guter Eindruck für'n Vorstellungsgespräch ...!' -
Er konnte zwar nicht wissen, ob noch andere Teilnehmer dazu eingeladen waren, er ahnte aber so etwas, da es bisher immer so abgelaufen war.

Mit High Heels und einem leichten Mantel bekleidet be-

trat eine junge Blonde ebenfalls die Lokalität und lief, tänzelnd und selbstsicher, in die gleiche Richtung. Fast hätte sie es nicht rechtzeitig geschafft, aber mit ausgestreckter Hand konnte sie verhindern, dass die Aufzugtüren vor ihr zuschnappten.
Ihr Blick streifte nur kurz den Mann mit dem Köfferchen. Sie hatte anderes im Sinn und drückte umgehend die 9. -
'Na, super! Jetzt schaff ich's noch pünktlich zu meinem Klienten.'

Der Aufzug schloss und setzte sich in Bewegung. - Der Kofferträger hatte vordem die 11 gedrückt. Er hoffte, dass es diesmal mit dem Job klappte. Im Konferenzzimmer warteten sicherlich schon die Leute aus der Personalabteilung, die ihn an diesen Ort bestellt hatten. -
Nach dem Studium vergeudete er die ersten Jahre mit Praktika, die leider zu keinem festen Job führten - und wo er kaum Praxiserfahrung sammeln konnte. - Auf der 11 hoffte er nun auf positive Resonanzen und eine Festeinstellung.

'Fuck! Ich hätte unten pinkeln sollen. Meine Blase platzt gleich! - Warum bin ich immer so nervös, wenn ein Date ansteht …? - Na ja, bin eh bald oben und kann dann kurz ins Bad - *für kleine Mädchen.* - Die Herren lieben es, dies aus dem Munde ihrer Verabredung zu hören - irgendwie finden sie's süß, unbeholfen und vermutlich sogar sexy? - Na, meinetwegen … träumt weiter!'

Plötzlich gab es einen lauten Rums und der Aufzug kam zum Stehen. Dabei wankte kurz die ganze Kabine. -
Dann war es wieder still und man hätte den Eindruck ge-

winnen können, dass alles wieder seine Ordnung hatte und gleich die Türen aufschwingen würden.
Aber mitnichten. Aus irgendeinem Grund war der Aufzug zwischen der 7. und 8. Etage ins Stocken geraten. Das Licht im Aufzug brannte zwar noch, aber sonst ging gar nichts mehr.

Zum ersten Mal schauten sich beide erschrocken an.

„Was ist das jetzt, wieso geht es nicht weiter ...?" - Der Mann drückte hastig alle Knöpfe durch und suchte dann nach dem Notfallknopf.

„Jetzt drücken sie schon den roten Knopf!" - Die Blonde verlor fast ihre Fassung und musste kurz durchatmen. - Ihre volle Blase zog sich unwillkürlich zusammen, bei dem abrupten Stopp - und gleich darauf wäre ihr Schließmuskel fast außer Kontrolle geraten.

Alles blieb ruhig. Nach ein paar Sekunden drückte er noch einmal den Notruf. Beide starrten auf die rote Taste, als ob davon eine Erlösung ausgehen würde.

„*Notruf-Zentrale* - wie können wir ihnen helfen?" - Eine männliche Stimme meldete sich, wie von einem anderen Stern.

„Ja, hallo ... ich steck hier fest im Aufzug, zwischen dem 7. und 8. Stock - kommen sie schnell!"

'Das ist wiedermal typisch ... als ob der allein wär!' - Die Blonde wurde stinksauer: „He, verdammt, hier ist noch jemand der Hilfe braucht!"

„*Bitte* beruhigen sie sich. In welchem Gebäude befinden sie sich und wie viele Personen sind anwesend?"

„Hotel Marienhof - zwei Personen." - Mittlerweile hatte sich der Mann gefangen. Breitbeinig stand er jetzt vor der Tastatur und hielt seinen Koffer fest vor der Brust. Er blickte aber alle paar Sekunden auf seine Armbanduhr.

'Ob hier Kameras installiert sind?' - Die Blonde schaute in die Runde und an die Kabinendecke. Sie konnte aber nichts entdecken.

„*Wir* schicken einen Techniker und informieren die Hotelverwaltung. - Haben sie etwas Geduld!"

Diese Info beruhigte beide ein wenig und sie schöpften wieder Selbstvertrauen und glaubten, dass sich alles schon wieder einrenken würde. Vielleicht klappte es ja doch noch und alle Sorgen waren unbegründet.

-

Eine halbe Stunde stand jetzt die Kabine und nichts war passiert. Der Mann ließ erst einmal den Koffer sinken. Dann ging er eine Weile auf und ab, vermied aber weitestgehend den Blickkontakt mit der Blonden.
Dann stoppte er abrupt und, aus lauter Verzweiflung, schlug er wie wild gegen die Aufzugtüren. Allerdings gab es nur einen Heidenlärm bei seiner Aktion, die dann wieder schnell verpuffte. Er wurde müde und legte nur

noch seine flachen Hände auf das kalte Metall. Dabei schüttelte er unentwegt seinen Kopf und schien ein paar Tränen zu unterdrücken.

'Tja, da musst du die Zauberformel sprechen, sonst wird das nix!' - Die Blonde war von seinem Wutausbruch überrascht worden und war etwas zusammengezuckt. Sie behielt aber ihre Erkenntnis für sich, da es eh nichts nutzte.

Weitere bleierne Minuten verstrichen, ohne dass sich etwas Nennenswertes ereignete. Nur ein paar - wie abgehackt klingende - Silben drangen aus dem Lautsprecher. Vielleicht war auch der jetzt kaputt.

Der Mann hatte sich mittlerweile zerknirscht auf seinen Koffer gesetzt, ließ die Schultern hängen und balancierte mit seinem Oberkörper vor und zurück. Dabei machte er eine missmutige Miene und brabbelte irgendetwas Unverständliches in seinen nicht vorhandenen Bart.

Der Frau wurde es langsam mulmig zumute. Sie lief von einer Ecke in die andere und wusste nicht, wie sie sich ablenken sollte.

Beide hatten ihr Terrain, als ob eine rote Linie die Kabine in zwei Hälften teilte.

Auf seinem Koffer schien es doch nicht so bequem zu sein. Der junge Mann stand langsam wieder auf, streckte sich bemüht und starrte zur Decke. Dabei lehnte er sich an die Tastatur und sagte laut - zu sich selbst und *allen* anderen, die es hören wollten - ohne, dass er sein Gegenüber eines

Blickes würdigte: „Na, klasse ... meinen Termin kann ich jetzt wohl endgültig vergessen!" - 'Die da oben warten nicht ewig auf einen. Die werden sich höchstens wundern, warum der Junge seine Chance nicht ergreift ...'

„Mann - was soll ich erst sagen, mein Termin ist auch geplatzt. Das ist übel, aber davon geht die Welt nicht unter!" - Dies hoffte sie zumindest inständig. Es ging ihr quer, dass sie sich, so früh am Tag, für diesen Job entschieden hatte. Ihr Motto lautete eigentlich: ... *nicht vor acht Uhr abends ein Date annehmen* ...! - Aber momentan herrschte Flaute und sie hätte diesen Auftrag gut gebrauchen können. Ihr Klient wartete bestimmt schon ungeduldig.

- Die Agentur hatte ihr eingebläut, ja pünktlich zu erscheinen! Man wusste ja aus Erfahrung, dass so ein *Bedürfnis* auch schnell wieder abflauen konnte.
Heute war doch jeder nur aufm Sprung, keiner genoss noch wirklich die Zeit zu zweit. Zwischendurch griffen sie sogar immer öfters zum Handy, damit sie bloß nichts verpassten. Da traute man/frau sich kaum noch zu sagen: *hier spielt die Musik!* - Sie konnte sich die dummen und empörten Blicke ausmalen, die sie dann bekommen hätte.
An fünf Fingern konnte sie abzählen, für wen es sich noch lohnte, den ganzen Aufwand zu betreiben. All das Zurechtmachen, Pudern, Schminken und Haare Stylen war für die Katz, wenn es den meisten nur um die schnelle Nummer ging.
Bei den heutigen Preisen musste man sehen, wo man blieb. Die Blicke konnte sie genau deuten, wenn es ums Bezahlen ging ... da verdrehten sie dann die Augen und gaben vor, etwas anderes ausgemacht zu haben.

Die in der Agentur hielten sich bedeckt, keine Ahnung warum. Es hieß immer nur: der gute Ruf darf nicht beschädigt werden. Und wenn es ums Ganze ging, dann hatte der Kunde doch immer recht und die Angestellten mussten kuschen.

In den letzten Wochen wurde dann auch noch ein neues System etabliert. Jetzt wurden die Konditionen direkt über die Agentur abgewickelt und die Damen bekamen erst anschließend ihren Anteil - und nicht mehr von ihren Klienten. - Das fand sie raffiniert ausgedacht von ihrem Arbeitgeber …

Nur manchmal gab es Freier, die sich ihre Zeit nahmen und den Genuss voranstellten. Ihr Lächeln tat dann irgendwie gut, wenn man etwas Passendes zu ihrem Ego beisteuerte. Da gab es dann auch schon mal extra Trinkgeld. - Aber das hatte sie bisher nur einmal erlebt. -

Der junge Mann war gar nicht begeistert von ihrer aufmunternden Aussage. - „Haben sie eine Ahnung … alles geht den Bach runter … hatte mich so gut vorbereitet auf das Jobangebot - und jetzt das …!" - Zum ersten Mal blickte er sie wirklich an.

„Wo ein Wille ist, da ist auch ein Weg!"

„Na toll, haben sie noch mehr Kalendersprüche auf Lager?" - Er schien echt verzweifelt - aber auch sehr von sich eingenommen.

„Wollte nur positive Signale aussenden … Finden sie sich einfach damit ab … Es ist schließlich höhere Gewalt … vielleicht können sie damit punkten?!" - Sie hampelte bei ihren Worten etwas hin und her und verzog dabei ihr Gesicht.

„Was ist los mit ihnen? Bleiben sie doch mal auf einem Fleck stehen. Man kann das ja nicht mit ansehen!"

„Wenn sie wüssten ...", das sagte sie leise und wie zu sich selbst.

„Haben sie was gesagt?"

„Nein, nein, alles gut." - Aber nichts war gut. Sie wusste nicht, wie sie ihr drängendes Bedürfnis unter Kontrolle bringen sollte. Sie suchte verzweifelt nach einer Lösung. Und wenn nicht bald die Feuerwehr käme und sie befreite, dann würde sie sich gleich hier erleichtern! - „Haben sie auch praktische Sachen, da ... in ihrem Köfferchen? - (Mit einem hoffnungslosen Blick nickte sie in Richtung Koffer.) - Ich meine, so was wie eine Flasche oder einen Beutel?" - Die Worte klangen fast flehentlich.

„Was meinen sie genau ...?" - 'Und was bezweckte sie überhaupt damit?'

„Mann, ist das so schwer zu verstehen, meine Blase platzt gleich, wenn ich nicht schnell was unternehme ... !"

„Sie wollen doch wohl nicht sagen, dass sie sich hier und jetzt - eh ...?"

„Doch, ganz genau, ich **muss** fürchterlich und wenn es nicht anders geht, dann lass ich's einfach laufen!" - Sonst konnte sie den Drang immer erfolgreich unterdrücken, aber jetzt, in dieser misslichen Lage und auf diesen wenigen Quadratmetern - die nicht viel größer als eine Waschzelle waren ...

Er sah ein, dass sie das nicht nur so dahersagte. Ihre Mimik sprach Bände und sie hampelte ständig hin und her, dass man selbst ganz kirre dabei wurde.
Bewusst sah er sie nun zum ersten Mal von oben bis unten an. Sie war jung und schlang und hatte eine gewisse Ausstrahlung - einmal abgesehen von ihrem momentanen Zustand ...
Schnell öffnete er seinen Koffer und suchte nach einem geeigneten Gegenstand. Er wollte die Suche schon aufgeben, doch dann fand er, in einem Zwischenfach, eine penibel gefaltete Plastiktüte. -
„Sie haben Glück - oder besser, wir beide haben Glück!" - Mit einer gefälligen Geste reichte er ihr die Tüte.

Ihr Gesicht erhellte sich plötzlich. Mit zitternden Fingern versuchte sie, das schmale Gebilde auseinanderzubringen. Als sie es dann soweit vorbereitet hatte, hob sie den Mantel - und ihren Rock an und zog sogleich die Strumpfhose und ihr Spitzenhöschen hinunter.
In der einen Kabinenecke, ihm gegenüber, ließ sie sich rücklings herabgleiten, hockte sich konzentriert hin und bugsierte die Tüte so zwischen ihre Beine, dass hoffentlich nichts daneben laufen konnte.
Kaum war sie fertig damit, da rauschte es hörbar und vehement, wie ein Wasserfall. Ganz so, als ob ein Eimer volllaufen würde und es dauerte auch fast solange, zumindest konnte man sich das einbilden.

Der Mann im Nadelstreifenanzug vergaß völlig seinen Anstand. Fasziniert schaute er ihr dabei zu, wie sie sich halb entblößte, hinhockte und erleichterte. - Soweit er sich erinnern konnte, hatte er so etwas noch nie vor Augen gehabt.

- Als Jugendlicher war er einmal in einem Camp und strich mit einem Mädchen durch ein angrenzendes Wäldchen. Er hatte sich in sie verguckt, dachte auch, dass sie *miteinander gingen*. So hatte er es zumindest von vielen gehört, dass es so was wohl sein musste - nur konnte er mit der Floskel noch nicht viel anfangen.
Hier hatte er nun die Gelegenheit, sie auch körperlich zu erobern und er verstand/fühlte langsam, was alle *damit* meinten. Als sie sich dann erleichtern wollte, bekam er Angst (oder zumindest Skrupel), blieb stracks stehen und ließ sie noch ein paar Meter weiterlaufen.

Im Zurückkommen fingerte sie noch an den Knöpfen ihrer Jeans herum. Doch als sie kurz aufschaute, bekam sie mit, wie er sie dabei entgeistert anstarrte. Erst wollte sie ihn zurechtweisen, doch dann lächelte sie irgendwie komisch, wurde rot dabei und kam ihm bedrohlich nahe.
Sie knöpfte die Hose wieder auf, nahm seine Hand und führte sie langsam dahin, wo sie zuvor noch ihr Intimstes abschirmen wollte. - Seine Finger fühlten plötzlich etwas Feuchtes und Weiches und er begann am ganzen Körper zu zittern. -

Der Blonden fiel auf, dass er sich nicht abwandte, sondern im Gegenteil, ihr ungeniert dabei zusah und nur noch Augen für sie hatte. - Das verwirrte sie ein wenig, da sie es von ihm nicht erwartet hätte. Na ja, Männer ... kein An-

stand!
Sie war die Blicke ja gewohnt. Aber in dieser Situation fand sie es dann doch abwegig und unverfroren.
Und dann wurde sie auch noch abgelenkt und konnte nicht weiter verfolgen, ob er sie immer noch anstarrte, da sie zwischen ihre Beine und auf den Kabinenboden schauen musste, ob auch nichts daneben lief. Das war dann, selbst für sie, eine peinliche Angelegenheit.

Von außen drang ein dumpfes Klopfen zur Kabine hin: *„Hallo, hören sie uns* - hier ist die Feuerwehr, wir versuchen sie so schnell wie möglich zu befreien - haben sie noch ein wenig Geduld!"

Erst jetzt blickte der Mann von der Blonden weg und suchte vage nach der Richtung, aus der die Klopfgeräusche und die Stimme kamen.

'Puh, das war Abhilfe in letzter Sekunde!' - So erleichtert fühlte sie sich seit langem nicht mehr. Sie knotete die halb gefüllte Plastiktüte zusammen und schob sie beiläufig in *ihre* Ecke. Schnell richtete sie sich auf, zog Höschen und Strumpfhose in Position und strich ihren Rock zurecht, ohne, dass sie ihren Mantel dabei hätte ausziehen wollen.
Der sollte als Schutz vor neugierigen Blicken dienen - doch, so musste sie feststellen, nutzte der hier, bei diesem Anzug-Knaben, nicht wirklich.

Der junge Mann war weiterhin fasziniert. - Vor allem schien sie mit ihrer Strumpfhose zu hadern. Sie schüttelte jedenfalls missmutig ihr Haupt und strich mit zwei Fingern immer wieder über die gleichen Stellen.

Er hatte sich nur flüchtig abgewendet, als sich die Feuerwehr bemerkbar gemacht hatte. Aber schnell fixierte er sie aufs Neue und sah ihr dabei zu, wie sie agierte und sich wieder anzog und dann ihre, wohl kaputte, Strumpfhose untersuchte. - Egal ob sie es mochte oder nicht, das blendete er völlig aus. - Er dachte nur, dass es ohnehin keine Konsequenzen haben würde, da sonst ja niemand anwesend war und er alles Mögliche mit ihr hätte veranstalten können, wenn er denn gewollt hätte. - Gebannt von ihren grazilen Bewegungen - und auch von den weniger galanten, bei ihrer Erleichterung - für ihn hatte es jedenfalls Schauwert und es machte ihm nichts, er konnte sich einfach nicht losreißen von dem, was ihm da geboten wurde.

„O nein, auch das noch! … Da hilft nun nix, besser das Teil ganz ausziehen. Der erste Eindruck zählt schließlich auch hier. - (Dann blickte sie ihn herausfordernd an.) - Oder, was meinen Sie?" -

Die Blonde merkte wohl, dass er sie nun ständig mit den Augen verfolgte. Etwas schüchtern zwar, aber doch unverdrossen und auch mehr und mehr anzüglich.
Da brauchte frau sich nur zum Pinkeln hinhocken und schon kannten die Typen kein Benimm mehr …
Bei seinem Auftreten und dem ganzen Brimborium, was er um seine Person machte, glaubte sie eher an Desinteresse. Aber nein, da sah man wieder … keine Manieren, selbst, wenn es ums Intimste ging!

Der junge Mann sah sich nun doch irgendwie ertappt, als sie ihn ansprach. Erst jetzt merkte er, dass sein Verhalten nicht ganz gentlemanlike war. - Etwas verdattert antwortete er: „Da mögen sie recht haben, das Äußere hat eine entscheidende Wirkung ..."

„Das denk ich doch auch. - (Unterbrach sie ihn.) - Attraktivität steigt oder fällt mit jeder Nuance ...!", sie war ein wenig stolz auf ihre Erwiderung.
Dann balancierte sie von einem Bein auf das andere und entledigte sich so der ramponierten Strumpfhose.
Sie wollte aber ihrem Gegenüber eine kleine Lektion auf seine Gafferei erteilen und sann darüber nach, wie sie das anstellen könnte.
Lange brauchte sie nicht dafür, sondern entschied spontan. Sie knüllte die Strumpfhose zusammen und ging langsam und hüftschwingend auf den jungen Mann zu. Dann stand sie dicht vor ihm und ließ das lädierte Netzteil in eine seiner Jacketttaschen gleiten.

Er konnte ihr nicht ausweichen, da er direkt vor den Aufzugtüren stand. Erst war er fasziniert und dann musste er doch erschrocken zusehen, wie sie so zu ihm heran tänzelte. Er konnte sich nicht mehr rühren und kriegte kein Wort heraus.

Dann setzte sie nach und griff beherzt zu. Sie spürte eine gewisse Bewegung in seiner Nadelstreifenhose. - 'So, so!' - Sie erfühlte ein pulsierendes Etwas und drückte noch härter zu. - Dann bewegte sie ihre Hand darüber, mit einigem Nachdruck, wie eine (über)griffige Massage.

Er war so baff, dass er fast vergaß zu atmen. Stocksteif stand er da und war peinlich berührt, dass er sich so hatte

gehen lassen können. Aber da war nun nichts zu machen.
Erst nahm er die weibliche Berührung befremdlich auf, zuckte auch erschrocken zusammen, bis ihm allmählich ganz warm wurde. Sein Kopf glühte und es gab nur noch eine Stelle, worauf er seine verwirrten Sinne konzentrierte.

„Na, was haben wir denn da? Sie sollten sich schämen!", sie sprach wie zu einem Kind, betonte jedes Wort und blickte eher amüsiert auf seine Beule am Reißverschluss.
Sie ließ nicht ab von ihm und strich und massierte weiter, ohne den Mann auch nur eines Blickes zu würdigen.
Instinktiv wusste sie, dass er sich nicht sträuben würde.
Sie wusste einfach, dass die Typen dabei schwach wurden.
Sie schaute einfach nur zur Seite, dorthin, wo diese unscheinbare Plastiktüte eingesunken stand.

- Sein Single-Dasein war seit Jahren ohne große Vorkommnisse verlaufen. Weder hatte er in letzter Zeit Affären gehabt, noch konnte er sich an irgendeine vergleichbare Situation aus früheren Zeiten erinnern.
In seiner kleinen, unwirtlichen Wohnung hätte er auch kaum *eine* einladen wollen. Und mit der wohl geplatzten Anstellung, konnte er den Traum von einer neuen Wohnung, erst recht vergessen. Er hatte sich bereits in einem *Loft* gewähnt, mit blendendem Ausblick und einer süßen *Perle* an seiner Seite.
Doch nichts von alledem würde sich erfüllen. Stattdessen stand er da, wie ein reduzierter, glühender Stab, der bald überschäumen sollte! Alles endete hier, in diesem beschissenen Fahrstuhl und dieser unbekannten Blondine, die ihm einen runterholte ...

„**Hallo**, geht es ihnen gut da unten? Wir versuchen die Aufzugtüren aufzubekommen. Halten sie bitte etwas Abstand! Leider ist der Techniker noch nicht eingetroffen."

„Es geht uns gut, machen sie sich keine Sorgen!" - Mit diesen Worten beantwortete die Blonde die Anfrage der Feuerwehrleute. Diesmal schaute sie dem jungen Mann direkt in die Augen.
Dabei ließ sie nicht etwa locker mit ihrer Massage, sondern verstärkte sogar noch ihre Bemühungen, seinen schwachen Widerstand bis zur Grenze auszutesten. Aus Erfahrung wusste sie, dass er es nicht mehr lange zurückhalten konnte.

Über ihren Köpfen wurde es lauter. Es wurde wohl mit schwerem Gerät daran gearbeitet, die Türen auseinander zu bekommen. Dabei entstand ein unangenehmes Getöse und Gequietsche, das den beiden durch Mark und Bein ging.

Doch dem jungen Mann war es jetzt einerlei. Er wusste, dass es bald um ihn geschehen war. Die Blonde gab nicht nach. Und dann spürte sie, wie er alle Schranken fahren ließ und mit einem gequälten Ausatmen kam.
Unter ihrer Hand bebte sein Ständer lange nach, was sie auch erwartet hatte. Sie kannte die Reaktionen ihrer - und der noch zu erwartenden Kunden.
Es war immer das Gleiche. Wenn die erst einmal Feuer gefangen hatten, dann brachte sie nichts mehr davon ab, ihren Samen überreichlich zu vergießen.

So, wie sie auf ihn zugekommen war, so entfernte sie sich

danach auch wieder. Ihm gegenüber lehnte sie sich dann leicht an die Wand, ohne ihn aus den Augen zu lassen.

Der junge Mann schien erleichtert und befriedigt. Seine Hose zeigte zwar einen dunklen Flecken, aber den sah er nicht, - oder hatte ihn zumindest noch nicht wahrgenommen.

Über ihren Köpfen entstand ein kläglich-ziehendes Geräusch und gleich darauf wurden die Türen auseinandergeschoben. - Der Eingang war nun offen, aber zwei Drittel davon, war von rohem Mauerwerk eingeschlossen. Das obere Drittel war jedoch frei und die Mittagssonne schaffte es irgendwie einen hellen Strahl hereinzuschicken. - Fast schmerzten davon die Augen, weil beide solange unter dem künstlichen Licht ausgeharrt hatten.

Die zwei Eingeschlossenen konnten kurz darauf die Feuerwehrleute erkennen, die geschäftig auf und abgingen und die Gerätschaften zur Seite räumten. Einer beugte sich vor und blickte zu ihnen hinunter.
Kurz darauf schob er eine Leiter durch den freien Ausschnitt, die auch prompt die richtige Länge hatte.

„**Na, alles gut bei ihnen?** Versuchen sie doch meine Hand zu greifen, wenn sie nahe genug auf der Leiter stehen, dann kann ich sie raufziehen!"

Dies ließ sich der junge Mann nicht zweimal sagen. Unhöflich wie er war, kletterte er voran und streckte sogleich seine Hand dem Retter entgegen. - Dann war es an der Blonden sich herausziehen zu lassen, und auch das ging

reibungslos vonstatten.
Selbst ein Sanitäter war anwesend und erkundigte sich nach ihrer beider Befinden.

Der Mann im Nadelstreifenanzug wurde etwas kritischer beäugt, da vermutet wurde, dass er vielleicht einen Schock erlitten haben könnte. - Seine Hose zeigte bei dem Licht die ganze feuchte Auswirkung der *Handarbeit*, die man irrtümlich für ein Schock-Indiz hielt.
Verwunderung wurde ebenfalls erkennbar, als man ein seidiges Etwas aus einer seiner Seitentaschen hervorlugen sah.

Die Blonde nutzte eine Gelegenheit und schlich sich unbemerkt von der Unglücksstelle weg. Sie hatte keinen Bock auf weitere Fragen, oder Hilfestellungen - sie kam auch so zurecht. Außerdem wollte sie schleunigst weg von diesem ungehobelten Kofferträger, der wie wild mit einem der Feuerwehrmänner gestikulierte. Sicherlich ließ er seinen Frust freien Lauf und berichtete womöglich *haarklein*, was ihm in der Kabine passiert und begegnet war.

Sie schritt zügig voran und verschwand hinter der nächsten Ecke. Vielleicht war der Klient ja doch noch in seinem Zimmer!? Sicherlich hätte sie alles wieder gutmachen können. - Und sie hoffte, dass der Unbekannte noch keine Beschwerde eingereicht hatte.
Und in dem Fall - wie würde sie dann vor der Agentur dastehen? ... Die Erklärung mit dem kaputten Aufzug wollten die bestimmt nicht hören ...

Vor der Hoteltür ihres Klienten angelangt, nahm sie allen

Mut zusammen und klopfte sachte an. Doch als sich nichts rührte, versuchte sie es mit mehr Nachdruck, jetzt war eh alles egal, blamiert hatte sie sich ja schon.
Aber nichts, kein Geräusch von innen, alles blieb ruhig. - So schien er doch ausgeflogen zu sein - ?
Sie neigte ihren Kopf, schloss auch kurz die Augen und versuchte so, ihre Ohren zu spitzen. Dann starrte sie vor sich hin und auf den dicken Teppichboden, der hier ausgelegt war. Schließlich blickte sie auf ihre Schuhe. -
„Verdammt!" - Auf ihren Pumps sah sie ein paar kleine Spritzer … hatte sie etwa doch nicht aufgepasst beim Wasserlassen?

'Die Agentur wird mich in Stücke reißen …!' - Gott, wie peinlich das doch alles war.

Dann gab es aber doch ein Geräusch und andere folgten. Die Tür wurde einen Spalt geöffnet und ein recht verschlafener, älterer Herr stand da im Ausgehanzug und schaute verwirrt auf die Dame im Mantel.

„Haben sie geklopft … ich muss wohl eingeschlafen sein?!" - Seine Stimme klang verhalten. Doch es dämmerte ihm langsam, wer wohl diese Dame da, vor seiner Tür, sein könnte.

„Oh, Entschuldigung, sie haben geschlafen? - Ich wollte sie keineswegs dabei stören! - Leider wurde ich aufgehalten, sonst wäre ich sicherlich früher bei ihnen erschienen!" - Die Blonde musste sich zusammenreißen. Was erzählte sie da eigentlich …? - Aus Verlegenheit gab sie ihm ihr eingeübtes Lächeln zum Besten und hoffte, dass es ihn gnädig stimmen würde.

„Ja, richtig. Gut eigentlich, dass sie so einen Lärm gemacht haben. Zum Schlafen ist doch später noch Zeit genug!" - Er öffnete jetzt ganz die Tür und ließ sie eintreten. - „Möchten sie etwas trinken?"

„Vielleicht später. Darf ich erst kurz ins Bad? Ich bin schnell zurück, und dann nur noch für sie da!" - (Dies Letztere hörten doch alle gern, es diente quasi als Bestätigung ihrer getätigten Ausgaben und Überweisungen.) - Sie wollte doch erst kontrollieren, ob der Fahrstuhlausfall sie auch äußerlich in Mitleidenschaft gezogen hatte.
Vorm Spiegel begutachtete sie ihr Gesicht und die Schminke. Ihr Lippenstift schien etwas verrutscht, wenn man genauer hinsah - vor zwei Stunden hatte sie im Taxi ihre Lippen schon einmal nachgezogen. Sie machte es noch einmal. Die Haare saßen zum Glück noch vortrefflich, so dass sie ganz zufrieden mit sich war.

„So, mein Herr, ihre Vorlieben habe ich ja bereits durch die Agentur vernommen, sollen wir es angehen ...?" - Sie versuchte nach all der Hektik und dem Zeitverlust einen klaren Kopf zu behalten, das war gerade in ihrem Job äußerst wichtig. Man musste seine Augen überall haben. Wer wusste schon, was sich die Klienten alles so ausdachten und mit einem durchziehen wollten. Egal, was sie der Agentur mitteilten, alles konnte auch anders kommen - da musste man als Frau auf der Hut sein!

„Kommen sie, einen kleinen Drink hat doch noch niemanden geschadet!" - Der gute Herr hatte bereits einen Drink

für sie parat gemacht. Wahrscheinlich brauchte er den jetzt dringender als jeder andere, der schon einmal in dieser Situation gewesen war.
War er etwa noch durcheinander von seinem Mittagsschlaf, oder nahm er wirklich zum ersten Mal einen solchen Dienst in Anspruch?

Die Gläser klirrten. Man prostete sich zu, als ob es ein altes, eingespieltes Ritual wäre.
Gut für die Blonde, die jetzt alles in die Wege leiten konnte, um gut aus ihrem Missgeschick herauszukommen.
Sie trat dann auch gleich in Aktion, da sie nicht wusste, ob ihr Gegenüber mit den Verhaltensweisen vertraut war.
Und wie es schien, machte er auch weiter keine Anstalten.

Allerdings änderte sich das, als er mitbekam, dass sie nicht nur ihren Mantel achtlos auf einen Sessel geworfen hatte, sondern auch sonst schnell damit war, ihr Übriges abzulegen. Sie behielt natürlich ihre Dessous an, um zu sehen, was es für eine Wirkung auf ihn ausübte.
Da hatte sie richtig vermutet. Jetzt schien der Knoten zerschnitten und er zog gleichfalls blank. - Nur seine Unterhose behielt er - vielleicht aus Respekt, oder Schamgefühl - an.

Dann schritt sie selbstbewusst auf ihn zu. Unverhofft, und mit einer geschickten Bewegung, griff sie in seinen, viel zu weiten Schlüpfer und begann seine Eier zu massieren.
Dass einzig Irritierende daran war, dass sie dabei unwillkürlich an den Kofferträger denken musste, bei dem sie ja ähnlich verfahren war.
Die vertane Zeit im Aufzug kam ihr ins Gedächtnis und

die lüsternen Blicke dieses Burschen, die sie ungewollt zu ertragen hatte ...
Doch sie musste schnell wieder in die Gegenwart schalten. Sie betrachtete jetzt mit mehr Aufmerksamkeit den in die Jahre gekommenen Herrn und gab sich alle Mühe, seinen Wünschen gerecht zu werden.

Der junge Mann hatte seinen Frust herausgelassen, konnte aber damit bei den Helfern keinen nachhaltigen Eindruck hinterlassen. Im Gegenteil - es klang alles ziemlich unglaubwürdig. Sie fanden sein Verhalten eher peinlich, wie er all sein Ungemach vor ihnen ausbreitete.

Nachdem er sein Jackett ausgezogen und vor sich, über den Arm, drapiert hatte, versuchte er schnell noch zum Konferenzzimmer zu gelangen. Man konnte ja nie wissen ... Doch seine kleine Hoffnung zerschlug schnell, da er niemanden mehr vorfand.
Es kam nur ein Kellner angerauscht, der klar Schiff machen wollte.

„Können sie mir sagen, wann die Gesellschaft den Raum verlassen hat?" - Der junge Mann hoffte, dass er noch jemanden von denen aufspüren könnte.

„Keine Ahnung. Hab nur die Order bekommen hier aufzuräumen." - Schnell packte er die leeren Gläser und Flaschen auf seinen Servierwagen und war so schnell verschwunden, wie er gekommen war. -
Der junge Mann lief frustriert über die Flure des Hotels und schickte sich dann an, übers Treppenhaus ins Freie zu gelangen.

6.

Die Buchhalterin

Hanna fuhr immer mit dem Fünfer-Bus zur Arbeit. Sie war eine Nachtkatze (ihre Worte) und tat sich schwer damit, pünktlich aus dem Haus zu kommen. Jeden Morgen lagen kleine und größere *Steine* im Weg, die sie erst mit Mühe aus der Welt schaffen musste. Sie benötigte einen langen Anlauf, um wach zu werden und in Schwung zu kommen.

Sie wohnte allein und schaute gern fern, bis spät in die Nacht. Sie konnte sich davon nicht loseisen. Egal, ob es ein Film war, der sie faszinierte, oder die Darstellung fremder Kulturen. - Dramen waren ihr Ding. Sie liebte die Geschichten vom Glück und Leid der Protagonisten, vom Finden und Verlieren. - Und Geschichten von den Sitten und Gebräuchen anderer Länder und ferner Kontinente, wo der Umgang miteinander ein ganz anderer war. Und wo man als Frau oft die schlechteren Karten hatte. Da war sie froh, in einem Land zu leben, in dem man mit einem halbwegs aufgeklärten Menschenverstand zu tun hatte.

Einmal sah sie eine Doku über ein afrikanisches Land. Von welchem die Rede war, hatte sie später wieder vergessen, da es sie so schockiert hatte. Sie wusste aber - dies hatte sie zumindest gehört - dass es in vielen Ländern Brauch war, dass junge Mädchen beschnitten wurden.
Das machte sie wütend und traurig. Denn die Mädchen konnten sich ja nicht wehren und mussten diese brutale Prozedur über sich ergehen lassen, bevor sie überhaupt

ein Bewusstsein für ihren Körper entwickeln konnten. - Einfach abscheulich!

Dann lag sie in der Nacht unter ihrer schützenden Decke, war einfach nur baff und den Tränen nahe. Sie dachte an all die Muschis, die bereits verstümmelt waren und an all die, die noch unters Messer sollten ... Sie musste würgen und war recht mitgenommen von dem, was sie hörte und sah. Mechanisch griff sie nach unter, um zu prüfen, ob die ihre immer noch unversehrt und funktionstüchtig war.
Sie schloss kurz die Augen, um sich zu sammeln. Sie konnte den schlimmen Bildern, die dem Kamera-Team gelangen, kaum noch folgen.
Mein Gott! Wie konnte man nur an so empfindlichen Stellen herumschnippeln, wo die Haut so gut durchblutet war - und wo all die brisanten Reize mündeten, die man sich selber, -oder von anderen angedeihen ließ.

Sie strich darüber, ertastete die kleinen Wülste, die mit jeder Berührung empfindlicher, als auch zugänglicher wurden. Sie befeuchtete Zeige- und Mittelfinger und massierte dann, mit ganzer Hingabe, ihre Schwellkörper. Es dauerte nicht lang und ein erstes, kleines Beben durchzuckte sie.

Die Doku fiel ihr jetzt in der Früh wieder ein, da der Bus über die Landstraße rauschte und gerade Anstalten machte, eine weitere Haltestelle anzusteuern.
Die Tür ging auf und eine Gruppe junger Mädchen stieg ein. Die kicherten vor sich hin, lachten laut und waren in ausgelassener Stimmung. - Hanna schaute ihnen zu, wie sie tuschelten und das Gruppengefühl genossen. - Die Unbeschwertheit dieser Küken ließ die abscheulichen Bilder

und Eindrücke der letzten Nacht vergessen machen und ihre Stimmung hellte sich wieder auf.

Sie schaute auf die Äcker und Wiesen, wie an jeden Morgen. Dann auf die ersten Häuserzeilen der Stadt, die im Morgendunst - wie träge Schlangen im Unterholz - an ihr vorbeihuschten.
Sie hatte eine Zeitschrift auf ihrem Schoß ausgebreitet und blätterte darin herum. Weit war sie damit noch nicht gekommen. - Einen Artikel hatte sie nur kurz überflogen, wo es ums eingespannt sein im Alltag ging und wie man einen Ausgleich dazu bewerkstelligte. Das klang ihr alles zu theoretisch. Sie war mehr praktisch unterwegs, mit einem Hang zum Spontanen.

Der Bus erreichte jetzt ihr Geschäftsviertel. Nun war sie an der Reihe. Sie drückte den roten Knopf und wartete im Stehen auf ihren Haltepunkt. - Jeden Morgen die gleiche Leier, fünf Tage die Woche und wenigstens sechsundvierzig Wochen im Jahr - tagein, tagaus.

Na ja, bis auf ihre Urlaube natürlich. - Die sie jedes Mal herbeisehnte und je nach Lust und Laune allein, oder aber mit einem „zeitweiligen" Lover verbrachte.
Sie wollte vorerst keine feste Beziehung, sondern stöberte mal hier und mal da, wie sie dies formulierte. - Außer belanglosen Urlaubsflirts und kurzen Bekanntschaften, war der richtige halt noch nicht aufgetaucht ... Es konnte aber auch sein, dass sie hier bewusst Understatement betrieb, da sie ihr Gegenüber auch schon mal ohne Gründe und ohne großen Herzschmerz abservierte.

Auf Firmenfesten fiel Hanna jedes Mal auf, wenn sie bloß zum Spaß herankam und einen anmachte. Die Betroffenen hätten es lieber gesehen, wenn sie umsichtiger und mit mehr Wohlwollen ihre Avancen verteilt - oder die des anderen milder aufgenommen hätte. Jedem wurde schnell klar, dass es für sie nur ein Spiel war, eine kurzweilige Sache, die weiter nicht ins Gewicht fiel. Das war nun mal ihre Haltung.
Nun ja, mit den Jahren wusste jeder, wie sie so drauf war und sie wurde dann oft links liegen gelassen. Es sei denn, der Alkohol floss in Strömen und das Adrenalin ebenso … dann wurden einige doch schwach, denn sie war durchaus ein Blickfang und wirkte anziehend auf Männer.

Sie hätte auch nie zugegeben, dass sie den männlichen Kollegen den Kopf verdrehte. Bei ihren weiblichen Mitstreiterinnen tapste sie deshalb oft ins Fettnäpfchen, da sie doch nur mit den Männern albern wollte. Manch eine schäumte vor Wut und wünschte Hanna alles nur erdenklich Schlechte. Doch die meisten nahmen es sportlich und warteten nur auf eine Gelegenheit, im Wetteifer der Annäherungen, zu obsiegen.

Der heutige Tag war dann doch etwas anders. - Ein neuer Mitarbeiter, der bereits ein paar Wochen in anderen Abteilungen ausgeholfen hatte, tauchte plötzlich in ihrem Büro auf.
Seit Jahren saß sie allein dort, wo sie mit all den Ungereimtheiten der Buchführung beschäftigt war und im Zuge der Digitalisierung, die Arbeit daran gerade nicht weniger wurde.
Er sollte ihr Assistent werden. Erst einmal auf Probe, aber

später sollten sie ein Team bilden, damit die Mehrarbeit nicht länger nur auf ihren Schultern ruhte.
Sie fand es erst komisch und über ihren Kopf entschieden, doch dann freundete sie sich doch mit dem Gedanken an und ging mit Gelassenheit daran, ihren neuen Kollegen mit allem vertraut zu machen.

Das erste, was sie morgens empfand, war, dass sie ihn gut riechen konnte. Nicht mehr und nicht weniger. Irgendein angenehmer Duft spielte ihr um die Nase, immer dann, wenn er ihr nahe war; was ja oft der Fall war, wenn er oder sie, über die Schulter des anderen schaute, um die digitalen Buchungsvorgänge einzusehen und zu veranschaulichen. Es war wie eine unausgesprochene -und noch unbewusste Bedingung, die erst später ins Bewusstsein drängte.

Lange Zeit war sie Einzelkämpferin gewesen. Nur selten kam es vor, dass andere Mitarbeiter/innen länger als nötig bei ihr verweilten. Jetzt, da jemand Neues in ihren Berufsalltag trat und sie beide irgendwie miteinander zurechtkommen mussten, gab es ihr ein gutes, ja, warmes Gefühl, das sie sonst, wenn es um Männer ging, eher wenig, oder nur für einen kurzen Moment empfand.

Als Nächstes fielen ihr seine Hände auf. Die langen Finger, mit den kurzen und hübsch rund geschnittenen Nägeln - wie sie über die Tastatur glitten, oder still darauf ruhten. Hier kam sie ins Grübeln und vergaß, wenn sie allzu lang darauf starrte, was sie eigentlich von ihm wollte. Im Nachhinein war es ihr unangenehm. - Doch schwang dabei auch etwas Sinnliches mit und dies gab ihr ein merkwürdiges Gefühl. Eine Art schwebender Zustand - gedankenverloren und fokussiert nur auf das eine.

Hanna wusste nicht wieso und warum dies gerade jetzt mit ihr geschah. Es hätte auch so, ohne große Veränderungen, weitergehen können. Sie lebte gerne allein und erledigte auch auf der Arbeit ihre Aufgaben gerne allein. - Doch jetzt?! Nichts lag in der Luft und es gab keine Vorzeichen.

Sie konnte ihren Blick kaum von ihm wenden. - Diese Mimik ... und diese Ausstrahlung, die von ihm ausging, sprach Bände. - Die feinen Härchen im Nacken, dann der sanfte Bogen darunter, der zu seinen breiten Schultern führte. Sein Gang und seine Bewegungen. Seine Grübchen, wenn er lachte. Seine Augen, die so strahlten, wenn sie mit den ihren in Kontakt traten. Kaum ein Zwinkern dabei, oder dass er oder sie, die Blicke des anderen nicht hätte aushalten können. - Und, immer wieder seine Hände, die so einnehmend, zärtlich und grazil wirkten. Wenn sie sie ansah, geriet sie ins Schwärmen. Und sie konnte nicht anders, als an lüsterne Berührungen zu denken, die er gleich an ihr vorzunehmen gedachte ... - Sie konnte sich alldem nicht entziehen, selbst, wenn sie es gewollt hätte.

Warum war es dieser eine, der sie so aus dem Häuschen brachte und der sie so in den Bann zog? - Für sie waren doch Männer wie Eintagsfliegen, eine willkommene Abwechslung. Sie konnte zwar nicht von ihnen lassen, da sie den Sex meist befriedigender fand, als es sich selbst zu machen ... aber sie war immer froh gewesen, wenn die Type wieder aus ihrem Leben verschwunden war.

Ein paar Wochen genügten und sie sehnte sich nach jedem neuen Arbeitstag. Egal, wie stressig es werden würde, oder wie schwierig es manchmal war, Probleme zu bewältigen. Es war aus dem Nichts eine produktive Verbindung entstanden. - Morgens zu trödeln kam nicht mehr in Frage. Sie war die Erste am Arbeitsplatz und ging als Letzte.

Auch sie blieb von ihm nicht unbeachtet, das merkte sie wohl. Ihr Lächeln galt ihm und sein Lächeln offenkundig ihr. Gerd Tauber, so hatte er sich ihr am ersten Tag vorgestellt, hatte einen offenen Charakter, war umgänglich und lernbegierig. - Einfühlsam in Gesprächen, die auch mal nicht um die Arbeit kreisten.
Schnell knüpfte er auch anderweitig Kontakte und es dauerte nicht lang und er war mit den meisten auf Du und Du.

Hannas beste Freundin, Paula, die nebenan in der Grafikabteilung arbeitete, war dieser Gerd nicht weiter aufgefallen. Dies fand Hanna allerdings komisch. Nicht nur, weil sie mit ihrer Freundin die gleichen Interessen teilte, nein, auch wenn es um Männer ging, die ihnen über den Weg liefen, waren sie gleichermaßen angetan - oder halt nicht. - Und hier sollte es anders sein? Als Hanna ihr davon erzählte, war Paula erst erstaunt und dann irgendwie desinteressiert.

„Ist er dir denn wirklich nicht aufgefallen, das kann doch gar nicht sein!?"

„Ach, Hanna, ja, hab ihn zwar gesehen, aber ich muss nicht jeden kennen und gut finden, der dir über den Weg läuft!", erwiderte ihr Paula. War da ein gewisser aggressiver Unterton in ihrer Stimme?

Hanna konnte das gar nicht glauben, sie verstand ihre Freundin nicht. Oder war sie etwa eifersüchtig? Hatte sie ihre Männereskapaden satt, oder in den falschen Hals gekriegt? - Sie ließ sie auch abrupt stehen und ging wieder zurück an ihren Arbeitsplatz.
Solch ein Verhalten war sie von ihrer Paula gar nicht gewohnt gewesen. Hatte sie ihre Tage, oder war ihr etwas anderes sauer aufgestoßen?
Das musste noch geklärt werden. - Vorerst aber wollte sie ihren Gefühlen freien Lauf lassen und die Arbeitszeit mit diesem Gerd genießen. Sie wollte es drauf ankommen lassen ... Eintagsfliegen hin oder her!

Einmal strich er wie zufällig an ihrem Unterarm entlang. Entweder war es zufällig, oder es geschah mit Absicht. Vielleicht wollte er es antesten, die Wirkung abwarten, die seine Berührung auslöste?
Eine leichte Gänsehaut war die Folge. Hanna lief es kalt und warm über den Rücken. Sie schaute hoch und versuchte seinen Blick zu erhaschen. Sie war wohl unwillkürlich zusammengezuckt, da sie es nicht erwartet hatte.

„Oh, entschuldige bitte!", er wirkte erschrocken über sein Verhalten, doch sein Gesicht schien etwas anderes anzudeuten.

„Das macht doch nichts, Gerd", versuchte sie ihn zu beruhigen.

Eine Geste unter vielen, eine Andeutung, ein paar warme Worte … Hier hätte sie sich bereits mehr Aktion gewünscht. Es lief weiter wie zuvor und keiner von beiden machte Anstalten, sich dem anderen anzüglich zu nähern.

Es war ein paar Tage später. Gerd stand morgens am Kopierer und versuchte etwas zu vervielfältigen.
Die Maschine stand in einem kleinen Nebenraum, der nur für diesen Zweck von beiden genutzt wurde. Das Ding hatte manchmal seine Mucken und Hanna wusste, was dann zu tun war.

„Warte, Gerd, das Ding will manchmal nicht so, wie man es möchte …", sie stand dicht neben ihm und drückte den entsprechenden Knopf ein paar Mal hintereinander. „ … so, jetzt sollte es wieder funktionieren!"

Es hatte etwas von einer Vorratskammer, mit den Regalen voller Druckpapier und Wasserflaschen für den Getränkeautomaten. Und die Nähe, die hier nicht zu vermeiden war, machte es ziemlich kribbelig. Sie standen Hüfte an Hüfte. Er wollte noch etwas sagen, um sich bei ihr zu bedanken, doch Hanna legte einen Finger auf seinen Mund und schüttelte ihr Haupt dazu.
Dann nutzte sie den Augenblick. Sie wusste nicht wieso, aber sie tat es unwillkürlich und mit einem unbändigen Drang. Sie bog ihren Kopf und gab ihm einen ersten Kuss.
Sie wusste nicht, wie Gerd es annehmen würde, aber jetzt war es zu spät und sie hoffte nur, dass er das gleiche Verlangen wie sie verspürte.

Gerd hatte die Hoffnung schon aufgegeben und sich die

ganze Zeit ziemlich zurückhalten müssen. Schließlich war sie seine Vorgesetzte. Nach der ersten Berührung, die er ihr mit Bedacht gegeben hatte, konnte er nicht wissen, ob es für sie angenehm gewesen war. Daher legte sich nun ein Lächeln auf sein Gesicht, als Hanna mit dem Küssen innehielt.
Nur kurz störte der Kopierer, der ein paar Blätter ausspuckte und dann wieder still war.
Beide hatten nur Blicke füreinander. Jetzt kam er ganz nah und tat es ihr gleich.

Hanna spürte sein Verlangen. Doch dann wollte sie es doch nicht zu weit treiben lassen und versuchte, sich von ihm zu lösen. Ihre Augen deuteten das an und er verstand sie mit einem Blick. - Schließlich waren sie auf der Arbeit und es hätte jemand unverhofft hereinplatzen können.

„Besser du nimmst deine Kopien und setzt dich wieder an deinen Schreibtisch - ('Oh, Mist, musste wohl den Vorgesetzten raushängen lassen. - So gerne ich ihn jetzt weiter vernascht hätte!') - muss mal für kleine Mädchen!"

Sein Blick blieb neutral, bis auf ein verwegenes Lächeln, das er ihr hinterherschickte.

Hanna versuchte runterzukommen und einen klaren Kopf zu kriegen. - Nicht einfach, nach der lüsternen Annäherung. - (*„Doch nicht am Arbeitsplatz!"*)
Was war das nur, war ihr das wirklich passiert? Und das gleich mit einem, von dem sie nichts weiter wusste. Was musste er bloß denken, dass sie ihn, ohne Vorwarnung, so abgeküsst hatte? Sie nahm zwar an, dass es ihm gefallen

hatte, aber schließlich war er ein „Praktikant" und sie sein Ausbilder! Da hätte sie doch mehr Zurückhaltung üben müssen … wenn das nun herauskam und im Büro die Runde machte?!

Die ganzen Jahre in dieser Firma und nie war ihr so etwas passiert. Na ja, bis auf die Auswüchse bei den Firmenfeiern! Das war amüsant und nahm sie nicht weiter ernst, aber das hier war doch anders. - Was war an ihm bloß dran, dass sie sich so hatte gehen lassen?

Solche Dinge und mehr gingen ihr durch den Kopf, als sie auf die verschlossene Tür starrte und es stetig unter ihr plätscherte … Sie konnte sich an keinen anderen Kollegen erinnern, wo es so gefunkt hätte.

Nachdem sie sich erleichtert hatte, stoppte unwillkürlich ihr Gedankenfluss. Am Spülbecken zog sie ihre Lippen nach, da sie doch vom *Gerangel* etwas verblasst waren, und schaute dabei eindringlich in den Spiegel. Noch einmal presste sie die hergerichteten Lippen aufeinander. Sie fand, dass sie wieder bürotauglich aussah.
Dann hörte sie die Tür aufgehen und wieder zuschlagen. Im Spiegel konnte sie sehen, wie Gerd sich von hinten näherte.

Sie war schockiert und machte eine schnelle Drehung: „Bist du verrückt … hat dich jemand gesehen …?!"

Er schüttelte den Kopf, schaute nur kurz über seine Schulter und sah niemanden, der sie beide hätte verraten können. Dann zog er sie zurück auf die Toilette, die sie gerade erst verlassen hatte: „Komm! Man sollte nicht etwas abbrechen, was so schön begonnen hat!" - Dies, so flüsterte er ihr ins Ohr, mussten sie unbedingt ausnutzen, die Gelegenheit käme so bald nicht wieder ...

Hanna dachte daran ihn abzuwehren, aber dann fand sie seine Argumente ganz schlüssig. - Sie drängten sich wieder aneinander, wie zuvor im Kopierraum.
Hier war es allerdings noch enger und so mussten sie für ihren „Akt" eine behutsame Gelenkigkeit an den Tag legen.
Zum Glück gab es kaum einen Spalt zwischen Tür, Decke und Fliesenboden. So waren sie zumindest vor neugierigen Blicken geschützt.
Und falls doch jemand von ihren Mitarbeiterinnen einem Bedürfnis gefolgt wäre, so würden sie sicherlich nicht weiter auffallen, wenn sie dann kurz *pausieren* würden.

Nur wenig war tatsächlich zu hören: mal ein Reißverschluss, der aufgezogen wurde; ein Rock, der zu Boden fiel; eine Gürtelschnalle, die auf den Fliesen widerhallte; ein dumpfes Poltern gegen die Tür, -oder Seitenwände, wenn es für Schultern, Rücken und Po zu eng wurde; oder aber ein leichtes Stöhnen, oder Kichern, das einfach nicht zu unterdrücken war.

Gerd setzte sich, mit heruntergelassener Hose, auf die Klobrille. Sein Gemächt war während der Intimitäten angeschwollen und sehnte sich nach mehr. - „Komm, Hanna, mach dich frei – ich kann's kaum noch aushalten!" - Er strich ihr über ihre Schenkel und massierte ihren Busen, damit sie gehörig in Fahrt käme.

Hanna brachte es zuwege ihre Strumpfhose auszuziehen, auch, wenn sie bei der Gelegenheit ihrem Gegenüber mit dem Knie einen Seitenhieb verpasste. Dann hockte sie sich, mit einer raumgreifenden Bewegung, auf ihn und nahm sein wippendes Ding unter ihre Fittiche.
Beide waren erstaunt, wie glatt das alles ablief. Niemand war sonst anwesend und kein Mucks war zu hören, außer einem saftig-rhythmischen Glitschen, das von ihrem Liebesakt herrührte.

Nur hin und wieder hörten sie Schritte, die näherkamen und sich wieder entfernten. Dazu ein Raunen, viel Geklapper, Türenschlagen und ein dumpfes Stimmengewirr. - Dies alles hörten sie synchron zu ihren eigenen Lustäußerungen und trug zu beider Erregtheit bei.

Hanna hielt sich erst an seinen Schultern fest, um nicht aus der Balance zu geraten. Doch mit jedem Auf und Ab wurde sie sicherer, ließ ab von ihm und kreuzte ihre Arme über ihren Kopf, um sich, mit geschlossenen Augen, voll auf seinen Ständer zu konzentrieren.
Gerd umfasste am Anfang ihre Hüften, um ihr behilflich zu sein. Doch dann ließ er ebenfalls ab davon und nahm lieber ihre prallen Brüste in seine Hände, die vor ihm schwangen und von denen er den Blick nicht lassen konnte.

Dann kam aber doch jemand herein, trippelte schnell auf eine der Toiletten zu, schloss ab und gleich darauf hörten sie einen gezielten Strahl niederprasseln.
In dieser Zeit hielten beide inne und versuchten ruhig und leise zu atmen, bis die Unterbrechung vorüber war. Hanna

zitterte ein wenig, da eine Welle der Lust über sie schwappte und ihr schlagartig bewusst wurde, was für ein strammes Teil momentan in ihrer Höhle steckte. Sie wollte auf keinen Fall, dass das zu früh aus ihr rausflutschte ...

Dann hörten sie die Spülung und ein erneutes Trippeln zum Spiegel hin. Hände wurden gewaschen und sicherlich wurde auch das Make-up überprüft.

Hanna schoss durch den Kopf, dass doch irgendetwas von ihnen nach außen gedrungen sein könnte und dass das Pinkeln und Händewaschen nur ein Vorwand war, um eine - wie auch immer geartete - Neugier zu befriedigen.

Doch dann verließ der Besuch die Nasszelle und schloss hinter sich die Tür. Man hörte die Schritte der Unbekannten sich entfernen und Ruhe kehrte wieder ein.

Nun hielt beide nichts mehr in ihrer Begierde und sie drehten noch einmal mächtig auf. - Sie waren schon recht verschlungen ineinander, doch Hanna versuchte sich noch mehr an ihn zu pressen, um ihr Verlangen noch intensiver auszukosten.
Er ging so konzentriert vor, dass sie ihren Körper einmal mehr bis ins Innerste wahrnahm. Als sie dann endlich kam, wäre sie am Ende fast überlaut geworden. Doch in letzter Sekunde konnte sie noch an sich halten und ihren Höhepunkt auch so genießen - in aller Stille und mit ungläubig offenem Mund. - Gerd war in dem Moment nicht mehr vorhanden. Er war nur ein frivoler Taktgeber, der allmählich aus ihrem Bewusstsein verschwand; wie auch alles andere um sie herum. Nur dieses eine, überschwäng-

lich-unnennbare Gefühl überschwemmte ihren Körper und nahm sie ganz gefangen.

Die Ernüchterung kam früh genug, nachdem sie schweißgebadet voneinander abließen. Beide hatten ihre Schwierigkeiten, sich wieder herzurichten, auf engstem Raum. - Und es nahm mehr Zeit in Anspruch, als noch zuvor das Entkleiden.
Nachdem sie ihren Ausgangszustand wieder einigermaßen hinbekommen hatten, schauten beide prüfend aufeinander und fanden alles in bester Ordnung.

In dem Moment aber, als beide die Toilette verließen, schneite Paula herein und starrte schockiert auf Hannas Lover - weniger auf Hanna, was diese eigentlich erwartet hätte.
Paula wurde ziemlich blass um die Nase, so, als ob sie etwas ausgenommen Schlimmes mitbekam. Es waren aber doch nur Hanna und Gerd - zugegeben, die waren zwar etwas durch den Wind und mit noch roten Köpfen von ihrem saftigen Gerangel, aber sonst doch harmlos anzusehen.
Es sei denn, dass sich Paula in ihrer Haut nicht wohlfühlte, angesichts der Situation, in die man nicht alle Tage geriet.
Sie machte schnell auf dem Absatz kehrt und verschwand von der Bildfläche.

Hanna verstand nicht, was Paula so bewegt hatte. Sie schaute auf Gerd, der irgendwie abwesend schien und der dann als nächster ging. Mit einem Achselzucken ging sie befriedigt, aber auch irritiert, zum Waschbecken.
Noch einmal, mit dem gleichen Ritual, wie schon zuvor,

als sie so ungestüm von Gerd auf die Toilette gezogen wurde, prüfte sie ihre Lippen, ihre Frisur und nicht zuletzt ihre Kleidung. - Dann ging auch sie hinaus und zurück an ihren Arbeitsplatz.

Die Tage vergingen ohne große Vorkommnisse und ohne große Bemühungen beiderseits, etwas wieder aufleben zu lassen, was im Büro besser keinen Platz finden sollte.
Auch war Gerd, in den Tagen danach, anders als sonst. Weniger gesprächig und auch nachdenklicher, als zuvor.

Das Wochenende kam und Hanna wollte schon die Initiative ergreifen. Als es dann Freitag-Nachmittag wurde und die Bürozeit zu Ende ging, war ihr Mitarbeiter schon weg und ohne Abschied verschwunden.
Das fand sie merkwürdig und ihr schwante, dass es mit dem Stelldichein auf dem Damenklo zu tun haben könnte.
Ihre Freundin Paula hatte sich in der Zwischenzeit rar gemacht und sie stellte bereits einen Zusammenhang her, der ihr überhaupt nicht einleuchten und gefallen wollte.

Dann schien sich das Blatt aber zu wenden, so dass ihre wirren Gedanken vorerst zu einem Halt kamen. - Es war Paula, die Hanna, den darauffolgenden Sonntag, zu sich einlud.
Den Anlass dazu wollte sie noch nicht verraten. Es sollte eine Überraschung sein. Sie wollte sie auch abholen, da sie sich einen neuen Wagen zugelegt hatte und es ihr die Gelegenheit gab, ihre alte Freundin einmal zu chauffieren.
Hanna war es einerlei, sie wäre auch mit dem Bus zu ihr gekommen. Sie war nur froh, dass ihre Vorahnungen wohl keinen Sinn ergaben.

Paula bot ihrer Freundin eine heimelige Atmosphäre. Ein feiner Duft lag in der Luft, nach Räucherstäbchen und irgendeinem Braten im Backofen.
Echte Kerzen flackerten überall und viele weiche Kissen und Decken hatte sie zusammengetragen, in die man sich einkuscheln konnte.

Hanna war überrascht und wollte den Grund erfahren, warum die Freundin einen solchen Aufwand betrieben hatte: „He, Paula. Lange ist es her, dass ich bei dir zu Besuch war. - Schön gemütlich hast du´s gemacht!"

„Ja, findest du? Man hat ja selten Gelegenheit und dies Wochenende fand ich wie bestimmt dazu, dass wir uns einen schönen Abend machen." - Sie kam gerade aus der Küche und gab ihr ein Glas Sekt zur Begrüßung.

Hanna glaubte, dass Paula einen komischen Unterton in der Stimme hatte. Sie verwarf den Gedanken aber wieder, da sie sich nicht schlüssig darüber werden konnte.

Beide stießen an und nahmen einen großen Schluck davon. - Wenn schon feiern, dann richtig!

„Dank dir für die Einladung!" - Der Sekt glitt spritzig durch ihre Kehle und fast hätte sie sich daran verschluckt. - „Jetzt musst du mir aber sagen, warum du so einen Aufwand betrieben hast? Wir hätten doch auch Essen gehen können, dann hättest du dir die Arbeit nicht machen brauchen."

„Nein, nein, ist schon okay. Die Überraschung lässt nicht

mehr lange auf sich warten!" - Sie stellte ihr Glas auf eine Anrichte und blickte ihre Freundin durchdringend an.

Hanna wurde es plötzlich übel, wahrscheinlich hatte sie den Sekt zu schnell und auch zu viel davon getrunken. Sie war es anscheinend nicht mehr gewohnt ...?
Doch mit der Übelkeit kam auch eine unerträgliche Müdigkeit, die sich schnell auf ihren ganzen Körper legte. Hanna wurde es mulmig zumute, ihre Lider wurden schwer und die Beine wollten sie nicht mehr tragen ... -

Dann fand sie sich auf dem Teppichboden von Paulas Wohnzimmer wieder. Allerdings nur für einen Augenblick, denn ein erneuter Schwindel ließ ihren Kopf zur Seite gleiten und sie verlor ein weiteres Mal das Bewusstsein.

Als Hanna wieder erwachte war es bereits finstere Nacht. Nur eine Kerze war nah bei, die kaum Licht verbreitete, aber die unermüdlich flackerte und rußte.
Sie wusste nicht, wo sie war und wie lange sie geschlafen hatte. - Wo war Paula ... war es ihr ebenso ergangen?

Dann wurde ihr bewusst, dass sie in einem Bett lag. Aber nicht in dem ihren, das wurde ihr nach und nach klar. Sie hörte ein Flüstern von irgendwoher, verstand aber nichts, egal wie sie sich auch anstrengte - dann kamen die Stimmen näher und sie konnte eine Frauen -und eine Männerstimme unterscheiden.

„Komm, wir schauen mal, ob Hanna wieder wach ist."

„Wie? Hanna ist auch hier - warum sagst du mir das erst jetzt?"

Ihr Kopf dröhnte, wie nach einer durchzechten Nacht, obwohl sie sich doch nur einen Schluck genehmigt hatte.
Und diese Trägheit, die noch immer in ihren Gliedern steckte. Sie hatte weder die Kraft, noch den Willen, sich aus dem Bett zu erheben.
Und noch etwas anderes wurde ihr plötzlich bewusst: sie hatte nichts an. Sie konnte sich aber nicht daran erinnern, dass sie sich ausgezogen hätte.
Ja ... verdammt, splitterfasernackt war sie, und niemand hatte sie zugedeckt. Unter ihr lag eine warme Decke, was sie noch gerade als angenehm empfand. Doch dann spürte sie - selbst wenn die Kraft wieder in sie gefahren wäre - dass es nichts genützt hätte: - sie war an Händen und Füssen gefesselt!

Die Stimmen verstummten und langsam kamen Schritte näher. Die Tür wurde einen Spalt aufgeschoben. Ein heller Strahl traf das Bett auf dem sie lag und ihre Vorahnung bestätigte sich im Schein des auftretenden Lichts - jemand hatte sie blank gezogen!
Hanna fühlte sich wie auf einem Präsentierteller und die Schamröte stieg ihr bis in die Haarspitzen. Sie war immer noch benommen und bekam nur schemenhaft mit, was in ihrer Nähe vorging. - So sah sie jetzt nur einen hellen Schatten, der sich ihr näherte.

„Was hast du getan ... ist sie bei Bewusstsein? Vielleicht sollten wir mit ihr ins Krankenhaus fahren ...?!"

„Ach was, sie ist doch aufgewacht. Sieh doch!" -

„Tut mir leid, Hanna, ich hatte wahrscheinlich die Dosis etwas übertrieben, so dass es dich ziemlich aus den Latschen gehauen hat, eh - ?!"

Sie kannte doch diese Stimmen. Eine Person kam jetzt noch näher heran, beugte sich unverhofft über sie und säuselte ihr weiter Worte zu; allerdings empfand sie es wie einen verhaltenen Singsang, der kaum zu verstehen und erst recht nicht zu begreifen war.
Hanna versuchte sich zu konzentrieren und dem Gesagten eine Bedeutung abzugewinnen. - Es war eine Frauenstimme. - War es nicht die von Paula, die sie zu erkennen glaubte? - Etwas Bedrohliches mischte sich da hinein.

„ - Na, macht nichts, nicht schlimm, jetzt bist du ja wieder bei uns und kannst vernehmen, was wir noch alles mit dir anstellen wollen ... Da ich weiß, wie gerne du Spiele spielst und die Männer dabei um den Verstand bringst, wird es dir bestimmt gefallen, was ich mir für **dich** ausgedacht habe ... Eine kleine Genugtuung gestehst du mir sicherlich zu ...
Du wirst dich fragen, warum dies alles ... nun, wie konntest du nur unsere Freundschaft so gefährden ... musstest du unbedingt was mit meinem Gerd anfangen ... Ich weiß nicht, ob ich dir das je verzeihen kann ... Na ja, dieser Mann ist aber auch anziehend, nicht wahr ... anders als die anderen in der Firma, eh ... ich bin ihm schneller verfallen, als du, das kann ich dir sagen ..." - dabei drehte sie sich etwas weg von Hanna und schaute wohl in die Richtung der anderen Person, die ebenfalls anwesend war

- „... Ja, ja – dieser Gerd, ein wahrer Verführer vor dem Herrn ... konnte einfach nicht genug kriegen und musste auch dich noch anbaggern ... Ich hab´s in deinen Augen gesehen, als du mir von ihm erzählt hast ... dass du vollkommen vernarrt in ihn warst und ich es einfach nicht fassen konnte, dass meine beste Freundin dazu imstande war, mich zu hintergehen ..." - erneut drehte sie sich um und gab mit einem Wink zu verstehen, dass die Person näher kommen sollte - „... So, Gerd, setz du dich schon einmal auf die Bettkante ... Du kannst ruhig dabei zusehen, wie ich Hanna ein wenig traktiere ... Irgendjemand muss ihr doch die Augen öffnen ... und dass sie nicht machen kann, was ihr gerade in den Kram passt ... Dass sie andere verletzt in ihren Gefühlen und selbst nichts davon merkt ... Dass ich es bin, der dich auf die rechte Bahn zurückführt, ist doch nur einleuchtend, oder ... Als deine ... beste Freundin ... Bin bloß gespannt, wie sie es empfinden wird, selbst einmal das Opfer und die Zurückgewiesene zu sein?!"

Paula setzte sich nun ebenfalls zu ihr. Beide betrachteten Hannas Körper, der im milden Schein der Kerze noch verführerischer wirkte.

Gerd traute sich nicht einzugreifen, da er diesen komischen Blick bei Paula wahrnahm, den er von ihr noch nicht kannte. Er hätte ja immer noch eingreifen können, wenn sie ganz ausrasten sollte ...
Er legte seine warme Hand auf einen ihrer seidig-glatten Oberschenkel und sagte bloß: „Es tut mir leid, dass ich wahrscheinlich der Anlass zu allem Übel bin." - Vielleicht wollte er sie mit seinen Worten und Gesten beruhigen. -

Sicherlich war er ebenso baff, wie Hanna, die nicht glauben wollte, was sie gerade von Paula zu hören bekam.

Hanna merkte erst jetzt, dass die beiden Bademäntel trugen - sicherlich hatten sie miteinander geschlafen und es sich danach bequem gemacht.

Ohne Vorwarnung holte Paula eine Rasierklinge aus ihrem Bademantel. - Eine Weile hielt sie die hoch und gegen das Licht der Kerze, bis die scharfe Längsseite aufblitzte.

Hanna wurde es Angst und Bange. Endlich fand sie den Mut etwas zu erwidern: „Aber Paula, was ist mit dir, ich konnte das doch alles nicht wissen - warum hast du nichts gesagt?"

„Ich hatte auf Gerd vertraut ... der hätte sich bloß zusammenreißen müssen und alles wäre in bester Ordnung gewesen ... aber so ... jetzt muss ich dich und ihn bestrafen, damit du in Zukunft weißt, was ich mit Mädels mache, die mir den Freund ausspannen!" - Ein unterdrückter Zorn schwang da mit in ihrer Stimme. Und während Paula Hanna antwortete, hielt sie die Klinge immer noch demonstrativ zwischen ihren Fingern und zeichnete etwas Imaginäres in die Luft.

Irgendetwas Abstruses hatte sich in Paula festgesetzt. Gut möglich, dass Hanna ihr mal einen Freund ausgespannt, oder madig gemacht hatte. Dass kam doch in den besten Freundschaften vor ... da war sie einfach zu streng und nicht locker genug. - Jedenfalls schien sich hier ihre Fantasie etwas auszumalen, was mit keiner Realität in Zusammenhang stand. Für Hanna war Paula in einem wirren Gefühlszustand und hatte den Bogen eindeutig überspannt.

„Was soll das jetzt, Paula, lass doch gut sein ...", wollte Gerd beschwichtigend eingreifen. - Er hielt sich aber noch zurück, da jetzt diese Klinge ins Spiel kam und zwischen ihnen allen stand.

Hanna begann zu zittern und Schweißperlen bildeten sich auf ihrer Haut, obwohl es im Schlafzimmer nicht gerade warm war.
Sie konnte sich an keine Situation erinnern, wo sie sich wegen eines Mannes zerstritten hätten. - War ihre Freundin noch bei Verstand? - Oder hatte sie etwa bewusst verdrängt, dass mal zwischen ihnen ein Streit entbrannt war ...?

Plötzlich fiel ihr die Doku wieder ein - warum bloß jetzt?! Das hatte ihr noch gefehlt. Sie wimmerte innerlich und schickte Stoßgebete gen Himmel. - Sie wird doch nicht ...?!

Paula setzte die Klinge flach auf ihre Brust und strich behutsam um die aufgerichteten Brustwarzen. Hanna zuckte zusammen und ein kleiner Stich ließ einen Tropfen Blut hervorquellen. Auf Paulas Gesicht zeichnete sich an diesem Abend ein erstes Lächeln ab.
Die Verletzung entging Hannas Aufmerksamkeit, da sie krampfhaft versuchte, das Bild, das sie von ihrer Freundin hatte, wieder zurechtzurücken ... doch sie schaffte es einfach nicht.

Paulas flinke Finger zogen mit der Klinge bereits weiter

hinunter, wobei sicherlich ein paar einsame Härchen ihrer Streich-Manie zum Opfer fielen.
Im nächsten Moment umkreiste sie damit Hannas Bauchnabel. Ihre Atmung setzte fast aus. Nervös ging ihr Becken auf und nieder. Sie wollte dass nicht, wollte ganz still liegen bleiben … doch die Angst trieb ihren Körper zu Bewegungen, die sie tunlichst vermeiden wollte.

Plötzlich war sie mit dem Ding nah an ihren Schamlippen. Die hätten auch so auf alles empfindlich reagiert - nun hatten diese erst recht einen Grund zusammenzuzucken, als die scharfe Klinge darauf zusteuerte.

„Paula, bitte, was macht du denn, hör bitte auf damit!"

Ihr beider Freund und Lover machte große Augen. Er war schlicht zu erschrocken und wusste im Moment nicht, was er tun sollte.
- Sie hatte auch ihn zum Abendessen eingeladen, allerdings etwas später. Der hatte erst nichts davon mitbekommen, dass Hanna überhaupt in Paulas Wohnung war. -
Jetzt war er perplex und sprachlos. Er hätte solch Rachegelüste nie erwartet - sie waren doch Freundinnen! Sicherlich hatte er beide irgendwie hintergangen, aber, wie konnte er wissen, dass eine von ihnen so krass darauf reagieren würde?

Nun wollte er aber doch eingreifen und Paula zur Räson bringen: „Paula! Jetzt ist es genug, du machst Hanna ja Angst, wir wollen doch nicht, dass sie ernsthaft verletzt wird, oder?"

Für Hanna waren Gerds Worte eine wohltuende Ablenkung. Sie war froh, dass dieser Gerd anwesend war und auch eine Meinung dazu hatte. Wenn auch, wie sie fand, etwas spät und mit zu geringem Nachdruck. - Im Innersten verfluchte sie ihn und ihre eigene Schwäche.

„Meinst du wirklich, Gerd? Soll ich schon von ihr lassen? Irgendwie hat es doch was ... Ihr seid alle meine Sklaven! - (Dabei lachte sie schrill auf.) - So sieht es aus: der eine kann nicht von mir lassen und die andere ist mir auf Gedeih und Verderb ausgeliefert. Das möcht ich noch ein wenig auskosten ... - Also, Hanna, bereust du, was du mir angetan hast, ja oder nein?"

Hanna war sich nicht sicher, was sie damit meinte. Spielte sie nur die Gedemütigte, oder war da wirklich etwas dran? Sie entschloss sich mitzuspielen, was blieb ihr sonst übrig - sie war eh nicht in der Lage, selbst aktiv zu werden und dem ein Ende zu machen.

„Ja, verdammt, Paula, es tut mir leid, und demnächst werde ich meine hellseherischen Fähigkeiten nutzen, damit mir das nicht noch einmal passiert - bloß, nimm bitte die Klinge weg, ich möchte auf meine Weichteile ungern verzichten!" - Sie hoffte, nicht zu lästerlich rübergekommen zu sein.

„Hm ... ich sehe, du hast da noch ein paar wenige Härchen, die du wohl bei der letzten Rasur übersehen hast ... lass mich diese erst einmal entfernen, dann sehen wir weiter!"

Hanna verdrehte die Augen. Doch Paulas Blicke zielten unverdrossen auf die gesichteten Schamhaare, die sie mit Vehemenz angehen wollte.
Ein Kratzen und Schaben war die Folge. - Mit den Fingerkuppen prüfte Paula das Ergebnis, schüttelte aber ihr Haupt dazu und wiederholte den Vorgang noch einmal. Danach strich sie erneut über die bearbeitete Stelle und schien nun zufrieden damit zu sein.
„Okay, jetzt fühlt sich die Haut da unten schön glatt an - so wie ich es mag. Jetzt musst du mir nur noch versprechen, alles zu tun, was ich gleich von dir verlange!"

„Ja, kein Problem, nur, leg die Klinge weg und binde mich bitte los, ja!?" - Sie konnte nicht glauben, dass sie unversehrt aus dem Dilemma herauskommen sollte.

„Ich möchte, dass ihr beide mich befriedigt - hier und jetzt - oder ist das zu viel verlangt?", sie schaute erst auf Hanna, dann auf Gerd. Beide nickten vernehmlich, obwohl sie über ihre Forderung ein wenig erstaunt waren. - (Auch eine Möglichkeit, seine Eifersucht in den Griff zu bekommen, ging es Gerd durch den Kopf.)

Paula wurde darauf sanfter. Sie strich der Freundin über die nackten Beine und Knie - die bei ihrer Berührung immer noch leicht erzitterten - und lächelte sanft dazu.
Die Rasierklinge setzte sie an den Tüchern an, die Hanna festhielten. Mit ein paar Schnitten zerteilte sie die Fesseln und legte dann die Klinge vorsichtig beiseite.

Hanna war baff und über die Maßen erleichtert, es fiel ihr ein Stein von der Seele. Sie konnte sich erst gar nicht rühren, dachte, dass die Fesseln immer noch an ihr zerrten.

Dann hatte Gerd ein Einsehen und half ihr, sich aufzusetzen. Sie sah an sich hinunter, um zu prüfen, ob diese Paula mit der Rasierklinge, irgendeinen Schaden angerichtet hatte. - Mit Schrecken musste sie feststellen, dass eine ihrer Brüste blutverschmiert war. Zum Glück war es nur eine minimale Verletzung, aus der jetzt kein Blut mehr sickerte. Auch an ihrem Venushügel, und nah an den Schamlippen, sah sie gerötete Stellen. Sie ersparte sich nachzufragen, ob die „Freundin" es mit Absicht getan hatte.

Paula war die erste, die jetzt ihren Bademantel abstreifte und sich neben Hanna auf das Bett setzte. Dann folgte Gerd ihrem Beispiel.

„Mensch, Paula, musste das sein? Ich krieg heute Nacht bestimmt Alpträume!", beschwerte sich eine erleichterte Hanna, die ihren verkrampften Rücken zu dehnen versuchte.

„Das will ich doch hoffen ... aber ich werde dafür sorgen, dass du dich ablenkst ... jetzt leg dich einfach wieder hin, okay!"

Hanna wollte nicht zurück auf dieses Folterbett. Doch sie hatte ja gerade erst versprochen, sich zu fügen. Sie hoffte nur, dass die Worte ihrer Freundin, den erhofften Zweck erfüllten.

Nun war auch ihre Freundin nackt und wirkte ebenso verletzlich. Paula übernahm die Regie - wie auch sonst! Sie schwang sich rücklings über Hanna und robbte höher und höher, bis sie fast mit ihrer Vulva die Nase ihrer Freundin berührte.

„So, meine Kleine, jetzt zeig mal, was du drauf hast. - Schön küssen und schlecken, ja - nicht nachlassen! - Ja, weiter so - mehr! - Lass nicht locker, lutsch mein Mäuschen!" -
Nur mit Mühe hielt sie sich am Kopfende des Bettes aufrecht. Sie spürte mit jeder Minute, wie die Lust sich in ihr breit machte und ihre Anspannung untergrub; sie folgte der Zunge ihrer Freundin, ließ ihr Becken noch tiefer sinken und nahm Hanna fast den Atem.

Paula hatte von ihrer Warte aus den Überblick. Sie schaute begehrlich zu, genoss enthemmt die lüsternen Beiträge ihrer „Gefolgsleute" und gab - trotz der lasziven Einlassungen ihrer *Sklaven* - hin und wieder Anweisungen, damit ihre Herrschaft weiter aufrecht erhalten blieb. Auch wenn sie unersättlich wirkte - und mehr und mehr von ihren vermeintlichen Sklaven einforderte - so sollte doch bald der Funke überspringen.

Endlich war es an ihr, an Paula, die verwegensten Wünsche äußern zu dürfen. Allein dies brachte ihre Begierde mächtig in Fahrt. Es sollte, wie sie hoffte, eine ganz neue Erfahrung damit einhergehen und den Einstieg in eine sexerfüllte Zukunft einläuten.

Gerd schien anfangs von der Situation überfordert und wusste nicht, wie er sich einbringen sollte. Aber diese Un-

sicherheit legte sich, je mehr er die beiden „Freundinnen"
beäugte. Dann hielt er nicht länger Stand und fiel über
Paulas Brüste her, die ihn immer schon in den Bann gezogen hatten, da sie seinem Ideal sehr entsprachen.
Er leckte ihre Rundungen, als ob es Eiskugeln wären und
konzentrierte sich dann auf ihre rosig-süßen Nippel, die er
geschickt umgarnte mit seiner Zunge und an denen er
schließlich selbstvergessen saugte ...

Hannas Furcht vor Alpträumen war fürs Erste gebannt.
Letztendlich überwand ihre Geilheit die peinliche Lage, in
der sie noch immer steckte.
Allerdings wollte ihr nicht aufgehen, warum Paula es gerade an ihr auslassen musste und nicht diesen Gerd hatte
bluten lassen? - Der hätte es doch mehr verdient gehabt.
Der hätte sie aufklären müssen, bevor alles aus dem Ruder
lief. -
Aber na, dies war ja klar - Männer ... und ihre vertrackten
Triebe!

Es würde sich noch erweisen, ob sie überhaupt noch
Freundinnen sein konnten, nach dieser abstrusen Geschichte.

Hanna fand, dass Paula eine Grenze überschritten hatte;
gerade, da die Eifersucht so offensichtlich an ihr nagte.
Ihr gingen schlicht die Zügel durch, bei der vermeintlichen
Machtdemonstration. - Spiel hin oder her!

7.

Berghotel

Es glich einem Postkartenidyll, versteckt in den Bergen. Charlotte hatte Ben damit überraschen wollen. Sie fühlte sich schuldig, obwohl es umgekehrt hätte sein müssen. Aber das war eine andere Geschichte.

'Na ja, bei dem Job, konnte sie es sich ja leisten!' - Ben war neidisch (und nicht erst jetzt). Er konnte ihren Erfolg kaum ertragen. Sie hatte halt Glück, da konnte man nichts machen.

Es war wirklich ein Blickfang. Mitten in einer fröstelnden Kulisse stand die Wellnessoase wie eine Festung in der Landschaft. Vom Hotel aus hatte man einen sagenhaften Blick in ein weites Tal, das - mit glitzerndem Neuschnee überzogen - sich wellenförmig ausdehnte.

Dieser Anblick stimmte ihn erst einmal milde und er hätte fast schon ihren One-Night-Stand abgetan, wenn er nicht in der Erinnerung - nach ihrem frischen Geständnis - noch ziemlich pikiert und erstaunt darüber war, dass sie für ein lüsternes Abenteuer ihre Beziehung aufs Spiel setzen wollte.
Was trieb sie nur in die Arme eines *Fremden* ... hatte sie denn alles, was zwischen ihnen war, vergessen? Hatte sie den Sex mit ihm über ...? Und überhaupt, wer war der Lüstling, der sie verführt hatte? - Es ließ ihm keine Ruhe.

Nachdem sie ihre Koffer ausgepackt - und alle notwendigen Dinge verstaut hatten - machten sie sich frisch und fertig für das Abendessen im gehobenen Rahmen.

Als Charlotte aus dem Bad kam, war er noch in Unterwäsche und sortierte seine Abendgarderobe.
Mit ihrer hochgesteckten Frisur, dem zarten Rouge auf ihren Wangen und den knallroten Lippen, die er liebend gern geküsst hätte, sah sie verdammt verführerisch aus.
Selbst jetzt musste Ben zugeben, dass er immer noch von ihr eingenommen war, auch, wenn er ständig an diesen Anderen hatte denken müssen …
Er hoffte nur, dass seine Gemütslage nicht noch mehr abflache und die aufgesetzte Stimmung weiter angeheizt würde.

Sie rauschte dicht an ihm vorbei, mit ihren Ausgehklamotten im Arm, und einer Duftwolke, die ihn fast einschüchterte. Ansonsten war sie noch nackt und dachte sich wohl nichts dabei, so vor ihm aufzutreten. - Doch ihn machte es kirre und heiß und er empfand es als eine Provokation, nach allem, was geschehen war.
Oder wollte sie ihn anmachen, so hüllenlos, als eine Art Wiedergutmachung und sich ihm anbieten …?
Er konnte keinen klaren Gedanken fassen. Er sah nur ihre hübschen Möpse und alles andere an ihr, das sie mit einem stolzierenden Gang zur Schau stellte.

Irgendwie machte es Klick in ihm, angesichts ihrer lockeren Art und seines aufgestauten Frusts … Deshalb zerrte er an ihren Klamotten, die sie so lässig hielt und schleuderte alles zu Boden.

Ihre Haltung veränderte sich dabei kaum, sie ließ es einfach geschehen. - Sie wusste, dass er auf ihre Titten, ihren gepiercten Bauchnabel und ihre glattrasierte Möse abfuhr.

Vielleicht wollte sie ihm ja eine schnelle Vorspeise gönnen? Die konnte/wollte er nicht ausschlagen, wenn sie es wirklich darauf angelegt hatte, trotz, oder, gerade wegen ihrer Schandtat. Dann sollte es halt so sein, er hatte jedenfalls nichts dagegen.

Eigentlich wollte sie ihm nur noch einmal ihre Nacktheit präsentieren, damit er mitbekam, was er an ihr gehabt hatte und worauf er demnächst verzichten musste.
Doch hätte sie es sich denken können, wie einfach bei ihm die Begehrlichkeiten zu wecken waren ...

Wann hatten sie zuletzt miteinander geschlafen? Verdammt, vor lauter Geilheit, fiel es ihm nicht ein. Etwas hatte sich in ihm aufgestaut und ließ seine Contenance schnell bröckeln.
Er packte sie an den Armen und zog sie schroff an seinen Körper. Charlottes Wärme und ihr betörender Duft überflutete seine Sinne. Er spürte, wie das Blut in seinen Schwanz trieb und ihn steif werden ließ.

„He, Benny, was ist **das** denn? Bring ich dich so schnell in Fahrt?!" - Sie wollte ihn eigentlich beschwichtigen, aber erreichte damit nur das Gegenteil.

„Das sollte dich nicht wundern, du weißt genau, dass ich dich und den Sex mit dir vermisse, egal, mit wem du dich sonst so herumtreibst!" - Mit einer fordernden Handbewegung schubste er sie aufs Bett und zog schnell seine Unterhose herunter. Sein Ding pochte wie verrückt und musste befreit werden.

Mit den Händen versuchte sie ihn abzuwehren, aber es war zu spät. Sie legte die Arme auf die Stirn und schloss kurz die Augen.

Er griff nach ihrem Höschen und hatte es schneller heruntergezogen, als es ihr lieb war. Dann nahm er erst einmal ihre *jungfräuliche* Möse in Beschlag, die er mit aller Inbrunst *auszu*lutschen versuchte.

Charlotte ließ es geschehen. Sie glaubte alles abgeschüttelt zu haben, was seine Person betraf - jegliches Gefühl und jegliche Begierde. - Dem war auch so, nur wusste „ihr" Benny ganz genau, womit er sie überwältigen konnte. - So dauerte es auch nicht lang und ein erster Seufzer war von ihr zu vernehmen.

Er spürte, wie sein Dicker vor Lust auf und ab wippte. Unter ihrer Möse sah man jetzt einen nassen Fleck sich ausbreiten. Sein Speichel tropfte ungebremst heraus, so dass er in seiner überbordenden Geilheit nicht anders konnte, als sie hier und jetzt zu nehmen.
Mit Hinterlist und einer Portion Vorahnung, ließ er es aber langsam angehen. - Selbst als er spürte, dass es sie noch anmachte. - Schließlich wollte **er** auf seine Kosten kommen, wenn sie schon anderweitig ihre Sehnsüchte befriedigen musste ...

Fast tat es ihr leid, dass es so weit hatte kommen müssen.

Aber schließlich hatte er sich als nicht weniger abtrünnig erwiesen ...

- Ein Telefonanruf genügte, um sie aus der Bahn zu werfen. Zwar war das jetzt Jahre her und es ging nur ein paar Monate ... aber es reichte ihr! - Als ob es gestern gewesen wäre, so präsent war immer noch diese Stimme in ihrem Ohr, die sagte, dass ihr Mann nun eine andere hätte und sie sich damit abfinden müsse ... Wie geschockt sie doch war, diese weibliche und eindringliche Stimme zu vernehmen, die sich in ihrem Kopf festsetzte - ganz bedächtig und rücksichtslos. - Er blieb dann doch bei ihr, warum auch immer; aber das Vertrauen war dahin, selbst, wenn **er** damit durch war und seine Untat schnell vergessen hatte. -

Am Ende war sie nur ernüchtert - bis das Glück zu **ihr** kam. - 'Jetzt mach schon, Ben, ein letztes Mal lass ich dich ran ... und du kannst denken was du willst dabei!' - Sie wusste, dass es nichts bedeutete; sie hatte sich anders entschieden und das sollte sich auch jetzt nicht mehr ändern.

'Halt! Halt! Nicht so schnell, dies ist *meine* Vorstellung und die soll nach meinen Regeln ablaufen!' - Mit einer gezielt kraftvollen Bewegung packte er Charlotte an den Hüften und drehte sie kurzerhand auf den Bauch.
Ihr Hinterteil schwappte bei der Drehung hoch und ihre hübschen Pobacken kamen, mit einem hellen Schimmer, zur Geltung. Ihre Beine hingen schlaff an der Bettkante und im Moment konnte sie kaum auf sein Ansinnen reagieren, da es so unverhofft und überwältigend war.

Er zog an ihren Beinen und fast wäre sie ganz vom Bett

gerutscht, hätte er sie nicht vorzeitig davon abgehalten. Jetzt kniete sie vorm Bettrand. Ihr Oberkörper ruhte auf dem weißen, feuchten Laken und ihr hübsches Köpfchen lag verkrampft in den Kissen.

Somit konnte er nicht erkennen, oder an ihren Augen ablesen, wie sie sein handfestes Unterfangen aufnahm.
Die Geilheit schoss durch seinen Körper und verdrängte jeglichen Gedanken. Er schob ihre Beine - so weit wie nur möglich - auseinander und fuhr mit seinen Fingern in ihre Spalte. Ganz glitschig kamen sie wieder zum Vorschein und er sah und fühlte, dass sie für mehr bereit war.
Er glaubte, dass die Zeit gekommen sei, es ihr heimzuzahlen. Mit voller Wucht bugsierte er seinen Ständer in ihre schmale Höhle.

Charlotte stöhnte auf, bei seinem ersten Schlag, doch sie machte weiter keine Anstalten, ihn von seinem Tun abzuhalten. Sie fühlte sich schlicht überrumpelt und selbst, wenn er alles dazu getan hatte, es so glitschig wie nur möglich zu gestalten, fühlte sie einen diffusen Schmerz und ein Unbehagen, das nicht weichen wollte. - Sie wusste, wie er weiter vorging - und auch, wie es enden würde.

Ihm war jetzt alles egal. Er wollte einen befreienden Orgasmus. So ungezügelt, wie nur möglich - und so heftig wie nie.
Die gewählte Position war zwar etwas unbequem für sie beide, aber irgendwie fand er es besonders geil, da ihre Möse so schön eng war und dies ihn ungemein anmachte.
Er musste nur aufpassen, dass sein Ständer nicht jedes Mal rausflutschte, wenn er ihn zu arg bewegte.

Aber das war schon okay so ... er konnte sie schön von hinten stöpseln, mit all seiner Kraft und mit lustgeilen Stößen.

Das klatschende Geräusch ihrer erhitzten Körper tat sein Übriges, um seine Wollust noch zu steigern. Mit jedem Stoß fühlte er sich lebendiger und überspielte so, den festsitzenden Frust - zumindest fürs Erste.
Bevor er kam, ließ er aber ab von ihr. Seinen feuchten Ständer nahm er ungeniert heraus und schleuderte seinen milchigen Glitter, im hohen Bogen, auf ihr Hinterteil.
Er wusste, dass ihr das missfiel, da sie sicherlich noch nicht so weit war. Zu ihrem Übel verteilte er noch den Sperma, über ihre rosigen Pobacken und war dann, mit seiner Aktion, vollends zufrieden. - Strafe musste sein.

Diesmal fühlte er nicht, ob sie auch gekommen war. Irgendwie war er in seinem Nachbeben vertieft gewesen und achtete gar nicht auf Charlottes Zustand, oder was sie sonst von seinem Verhalten hielt.
Er hoffte nur, dass sie seine getriebene, lüsterne Kraft, gespeist aus Frust und Verzweiflung, gut zu spüren bekommen hatte.

„Mann, Benny, jetzt muss ich nochmal ins Bad!" - Sie war froh, dass sie es überstanden hatte. Und zum ersten Mal, tat es ihr weh danach und brannte, als ob er Schmirgelpapier benutzt hätte.
Als sie den warmen Duschstrahl über ihren Hintern laufen lief, half ihr der eine Gedanke, der Gedanke an den nächsten Morgen, und - an ihren Neuen.
Und dass sie *ihren* Benny spätestens jetzt überwunden und

ihn nicht mehr für voll nehmen brauchte.

'Ja ... recht so, geh du nur ins Bad und wisch alles schön von dir!', dachte er bei sich, mit einem teuflischen Grinsen.

Die Nacht war hereingebrochen. Nur von Nahem konnte man, im Schein der Hotellampen, noch ein paar Flecken vom glitzernden Schnee ausmachen und bewundern.
Die wenigen Lichter, weiter unten in der Ferne, die im Schneegestöber waberten, rückten das Tal noch weiter in den Hintergrund und machte die Oase - zumindest für die meisten von ihnen - zu einem behaglichen Refugium.

Für das Buffet schafften sie es gerade noch rechtzeitig. Selbst einen freien Tisch konnten sie noch ergattern. Das war aber auch das Einzige, was an diesem Abend gut lief.

Nach dem Fick verspürte er einen unbändigen Hunger, den er irgendwie zu stillen suchte. Ein nicht zu benennendes Vakuum baute sich in ihm auf, das sich - durch Speis und Trank - nicht füllen, oder gar auslöschen ließ.

Charlotte wirkte müde und abgespannt - und ihr Appetit hielt sich ebenfalls in Grenzen. - Normalerweise war sie *danach* immer sehr redselig, doch heute bekam sie kaum einen Satz heraus. Sie verlor kein Wort über den vollzogenen Akt, noch ließ sie irgendetwas über ihren Seitensprung verlauten.

Ohne ein weiteres Wort zu wechseln ging Charlotte früh zu Bett. Ben genehmigte sich noch ein paar Drinks an der Bar. Schließlich war er nicht alle Tage an solch einem vornehmen Ort.

Als er dann später, schlaftrunken ins Bett fiel und fast schon eingeschlafen war, brummte Charlottes Handy auf dem Nachttisch. - Mehr bekam er allerdings nicht mit davon, da er gleich darauf fest einschlief.

-

Am Morgen war Charlotte verschwunden. - Nur ein kleiner Papierfetzen vom Hotel lag auf ihrem Kopfkissen, mit den Zeilen:

„Danke Benny, für den einseitigen Fick :-(
Hab mich früh aus dem Staub gemacht. - Mein Boss verlangt nach mir. - Wir machen es lieber von vorn : old fashioned!
Also, von Angesicht zu Angesicht - wenn du verstehst,
wie ich das meine -
Lass es dir noch gutgehen in den Bergen. Es ist alles bezahlt! -
Vielleicht findest du ja ein willfähriges Mädchen, das du nach Lust und Laune verführen und durchvögeln kannst!"

8.

Traumgebilde

Die Nebelschleier verflüchtigten sich. Das quälende Herumtappen mitten in Gespinsten schien überstanden. Hier und da blitzten Lichtkegel auf und tanzten über seinem Antlitz. Es war wie eine warme Flut, die herandrängte.
Er rieb sich die Augen wund und, mit der letzten versiegenden Träne, hob er umnachtet den Blick.

Die Welt schien lichtdurchflutet und unermesslich. Die Helligkeit ließ die Pupillen verengen und er sah imaginäre Kreise. Dieser Eindruck verschwand allmählich. Nur ein flirrendes Etwas blieb noch und hielt alles in der Schwebe.

Ein mildes Blau erschien, das sich in der Ferne mit einem trüben Ungefähren mischte. Darunter glaubte er eine Landschaft auszumachen, die nach und nach Gestalt annahm. Eine buschig-graue Kargheit spannte sich dahin, mit Tupfern von Ocker und blassem Grün.

Er stand unsicher da. Langsam und wie abwesend streckte er seinen jungen Körper. Ein tiefes Atemholen war wie eine Beglückung.
Es schien angenehm warm und seine erste Empfindung war die, einer mediterranen Landschaft, die wie im Traum vor ihm auftauchte. Es ging eine Vertrautheit davon aus, die er sich nicht erklären konnte.

Dann, wie aus einem schlummernden Fundus, gab die

Stille nach und er hörte leises Meeresrauschen und das gedämpfte Kreischen einer Möwe.

Er meinte eine weite Fläche vor Augen zu haben, die nur in der Ferne mit einigen Sträuchern und filigranen Baumbeständen bestückt war. Auch fielen ihm einzelne Gesteinsbrocken auf, die dort unten herumlagen.
Als Abgrenzung sah man wellenförmige Erhebungen das Tal umschließen, mit einem Horizont, der kaum wahrzunehmen war. Ein Bild das anrührte, da es eine gewisse Ruhe ausstrahlte.

Aber, wie war dies möglich - wie war er hierher geraten? War es nur ein raffiniertes Spiel, das sich jemand ausgedacht hatte?
Verwirrt und verstohlen blickte er in die Runde. Alles schien real und schlüssig, selbst das Meer konnte er ja hören und vermutlich auch schmecken.

Mit den Minuten - oder waren es nur Sekunden - die verstrichen, blitzten neue Eindrücke auf. Er beschloss sich treiben zu lassen. Vielleicht entdeckte er ja noch Risse im Gefüge, oder schlimmer noch, einen klaffenden Spalt, der ihn in eine unlotbare Tiefe stürzte.

Auffallend war ihm die Leichtigkeit seines Körpers. Erst hier fiel ihm auf, dass er nackt war. Er empfand aber keine Scham, noch wollte er sich bedecken.
Dann spürte er ein frivoles Signal, ohne Vorwarnung, wie ein Antippen, eine kaum wahrnehmbare Berührung, die ihn, wie er meinte, von außen anfiel. Es schien ihn zu elektrisieren und als Folge davon, kam Bewegung in sein

schlaffes Glied und es richtete sich langsam auf.

Sein Blick ging tiefer. Seine Füße befanden sich am Rand einer blassen Grasnarbe, deren Ausdehnung kaum an Farbe gewann. Eine karge Ebene breitete sich vor ihm aus, die durchschritten werden wollte.
Der Drang danach ging ihm durch Mark und Bein. Etwas war dort unten, lauerte auf ihn, mit einem lüsternen Versprechen. Dann spürte er ein Kribbeln im Bauch, was einen nicht alle Tage ereilte. Sein Innerstes schien wie fixiert davon.
Es war, als ob dort unten, irgendwo in der Ebene, Glück und Erfüllung auf ihn wartete Und sein wippender Schwanz war wie ein Fingerzeig in die vorgegebene Richtung.

Erneut vernahm er Meeresrauschen, verbunden mit einer wirbelnden Brise, die seinen Körper warm umfing - sie strich ihm von den Füßen, über den Rücken, bis hoch zum Schopf und driftete dann ab ins Nichts.
Mit einiger Überwindung machte er eine Kehrtwendung, um diesem Phänomen nachzuspüren. Mit Verwirrung musste er feststellen, dass er nur einen Schritt von einem staubigen Hang entfernt war, der jäh in die Tiefe abbrach.
Mit einer zaghaften Bewegung tastete er sich vorwärts bis hin zum Rand der Anhöhe. Er war darauf gespannt, wie weit es nach unten abfallen würde.

Ein weiterer Wirbel stieg hoch, die die träg-milden Luftschichten oberhalb mit etwas Frischem durchmengten. Morgendlicher Dunst stieg mit der Brise auf und ließ jegliches Höhenempfinden dehnen. Ein vager Duft, wie auch

Geschmack, nach Algen und Salzwasser.
Vielleicht waren es zehn, oder gar zwanzig Meter, die ihn vom Meer trennten. Mit dem Oberkörper beugte er sich kurz über die Kante, um einen freien Blick in die Tiefe zu erhaschen. Ein leichter Schwindel befiel ihn, als ob sein Körper hochtreiben und hinunterschweben wollte, was ihn für eine Weile aus der Fassung brachte.
Unterhalb sah er die tobende See. Die kraftvollen Wellen, mit ihren Gischtkronen, die pausenlos an Land rollten und die nur vom felsigen Ufer abgebremst wurden.

Ein schwaches Morgenlicht warf gelb-schimmernde Zickzack Linien über die Wasseroberfläche. Und der erneute Schrei einer Möwe ließ ihn aufhorchen. Kurz darauf entdeckt er sie, wie sie einsam, nah überm Wasser, dahinglitt.

Eine unwirtliche Atmosphäre umgab diesen Klippenrand und mit Unbehagen horchte er auf das permanente und öde Tosen des Meeres, das ihn überwältigte und ihm den Eindruck von Leere und Zeitlosigkeit übermittelte.

Ein weiteres Mal schlich ein Kribbeln und Tasten um seinen Körper und riss ihn weg von der Anhöhe. Als ob eine Hand ihn ergriffen hätte und ihm zur rechten Zeit Ablenkung verschaffte.
Lüsterne Bilder erschienen ihm, wie eine kurze Abfolge inniger Umarmungen. Bilder, die von Nacktheit und der Sehnsucht nach Zweisamkeit erzählten, die ihn anspornten und mitrissen.
Wie in Trance tappte er zum Ausgangspunkt zurück. Nur einmal noch gewahrte er, wie das Meer ihn angehen wollte, mit seinem Groll und seiner Unnachgiebigkeit.

Das Aufklatschen der Fluten vernahm er nur noch gedämpft und je weiter er sich entfernte, um so leiser wurde dieser Ton.

Allmählich trat wieder die alte Stille ein, die ihm angenehm und wohltuend erschien. Ohne sich umzuwenden schlug er den Weg in die Ebene ein. Wie in einem imaginären Strudel wurde er vorwärtsgetrieben. Seine Schritte wirkten wie viele Schritte und er war verblüfft, dass er bereits eine gute Strecke hinter sich gebracht hatte.
Sein Fortschreiten vollzog sich mühelos. Leicht und behände ging es über verdorrtes Land. Weit konnte er nicht blicken, da die Luftschichten vor ihm in der Sonne flirrten. Die Erhebungen, die das Tal umschloss, konnte er von seinem neuen Standort dann nicht mehr ausmachen. Immer weiter führte sein Weg in die Ebene hinein.

Dann näherte er sich den ersten Steinbrocken. So wie es aussah bedeckten sie ein großes Feld, welches er nun durchschritt. Und trotz seiner nackten Füße glitt er leicht über alle Unebenheiten dahin.
Vom Plateau aus wirkten die Steine noch natürlich, wie unachtsam hingeworfene Krumen. Aus der Nähe jedoch wurde er gewahr, dass es sich um bearbeitetes Material handeln musste. - Die Zeitläufte hatten die ursprüngliche Gestalt und Funktion längst ausgetilgt, doch es war eine Art von Magie an manchen Oberflächen noch erkennbar.

Es war still dort unten im Tal. Fast eine sakrale Stille, die über diesen Resten aus längst vergangenen Zeiten hing, die von Anmut und einem höheren Sinn zeugte. Da waren Steinblöcke, die noch aufrecht standen, man hätte Zierwerk erkennen können, wenn man genauer hingesehen hätte. Andere Teile, die aus der kargen Erde herausragten, hätten von Ungemach erzählen können. Mit Fantasie hätte er auch Grundrisse einer Wohnanlage ausmachen können … - Aber er blieb ein Getriebener und hielt sich nicht auf mit solchen Überlegungen.

Ein neuer Aufprall warmer Berührungen aus dem Nichts schlugen erneut über ihm zusammen, gerade, als er sich einen Überblick verschaffen wollte. Sein Körper wurde eingesponnen in wohliger Erregung, von den Haarspitzen bis zu den Fußsohlen. Als ob die Muskeln erschlafften und nur noch die Sinnlichkeit unterhalb der Gürtellinie zählte. Fast hätte es ihm den Boden unter seinen Füßen weggezogen, wenn diese neuerliche Attacke noch länger angedauert hätte.
Diese war stärker, als die anderen zuvor und wieder waren es frivole und lüsterne Bilder, die da unablässig durch seinen Kopf jagten. Sein Blut trieb wie eine wilde Flut durch seine Adern, so dass sein Gemächt fast schmerzte und ein Samenerguss unausweichlich schien. Doch, wenn er an sich hinuntersah, gewahrte er nur einen winzigen Lusttropfen, der sich auf seiner Eichel gebildet hatte.
Dann fing er sich wieder und war bloß erstaunt, wie seine Rute sich so lang ausgebildet hatte und pulsierend vorauszeigte.

Hier und da waren kleine Steinhaufen aufgetürmt, gleich so, als ob hier jemand, vor langer Zeit, Ordnung hätte schaffen-, oder eine Richtung hätte vorgeben wollen. Vielleicht eine Ausgrabungsstätte und der zu früh aufgegebene Versuch einer Bestandsaufnahme?

Nach der mysteriösen Kraft, die ihn durchströmte und sein Bewusstsein kurzerhand auf das Eine gelenkt hatte, wäre er fast über einen Stein gestolpert, der nur knapp aus der Erde ragte. Zum Glück ging es glimpflich ab - er machte nur einen leichten Schlenker zur Seite - wie nach einem unmerklichen Stups - und überwand so das Hindernis.

Weiter ging es und er ließ die Gesteinsbrocken hinter sich. Das Land wurde hügliger und vereinzelt tauchten Sträucher und leblose Bäume auf. Nur hier und da zeigten sich ein paar grüne Flechten an einigen Pflanzen.

Die Sonne nahm weiterhin ihren Lauf und stand mittlerweile in ihrem Zenit. Ein unbestimmtes Hitzegeflimmer schwebte über der Ebene und schien ihm, wie ein sicherer Anhaltspunkt, dem er nur zu folgen brauchte.
Sein Körper bemerkte nichts von den grellen Strahlen, die ohne Widerstand auf die trockene Erde trafen. Er selbst wurde irgendwie abgeschirmt - er konnte sich keinen Reim daraus machen, aber er wusste, dass es so war.

Wie in Trance glitt er weiter dahin, ohne Anstrengung. Jeder seiner Schritte ließ kleine Staubwölkchen aufwirbeln, die letztlich aber keine Spuren hinterließen. Zumindest hier war im nächsten Augenblick nichts mehr vorhanden, als ob vor und nach ihm kein Unterfangen diese Ebene hätte erschüttern können. Und wer wusste schon, angesichts dieser Trockenheit und der Bläue des Himmels, wann die nächste Wolke sich bilden würde - und wann der letzte Regen hier niedergekommen war.

Dann gab es aber doch einen Wechsel. Zwischen den fernen Anhöhen zeigten sich in kurzer Entfernung einzelne Zypressen und Pinien, die erst klein und unansehnlich wirkten, aber, in der flirrenden Ferne, nahm er doch größere wahr und auch verstreute lichte Gruppen von ihnen. Endlich wurde das Auge durch ein paar grüne Farbtupfer angeregt, nach all der Kargheit, die ihn bisher umgab. Sie bildeten mit ihrem dichten Nadelwerk einen starken Kontrast zum Blau des Himmels.

Wie viel Zeit verstrichen war konnte er nicht sagen. Sein Zeitempfinden schien ausgetilgt. Allein die imaginären Berührungen und Trugbilder, die wie ein Damoklesschwert auf ihn niederfuhren, gaben ihm Kurzweil und er wusste, dass alles einen Sinn und Zweck ergab.

Der Grad der Empfindung hatte sich noch intensiviert, vom ersten Auftreten bis zum jüngsten. Immer wieder lauschte er in sich hinein und wartete auf ein neues Beben, um die Ursache seiner Gefühlswallungen zu ergründen. Aber, so schnell wie die Überrumplung geschah, so schnell war sie auch wieder verflogen.

Er trieb weiter voran. Ohne Zweifel war ihm dies alles nur eine Kulisse und er strich nur halb bewusst durch diese Gegend, denn da draußen wartete, mit einer unbezwinglichen Sogkraft, eine Art Seligkeit auf ihn.

Unverhofft stand er vor einem Pinienbaum mit ausladenden Ästen. Hier gab es so etwas wie Schatten, doch das hielt ihn nicht lange auf. Das dichte Grün einer Zypresse nahm er dann doch kurz in Augenschein. Er betastete mit

den Fingern den dichten Mantel. Klebrig und stumpf, hart und überlang schienen ihm die Nadeln. Er rupfte ein paar davon heraus und rieb sie ein wenig. Recht angenehm strömte ihm der Geruch um die Nase, doch schnell war er wieder verflogen.
Die zerriebenen Nadelstückchen ließ er dann unachtsam zu Boden gleiten, da er weiter getrieben wurde und es keinen Halt mehr zu geben schien.

Dann stieg die Landschaft an und für eine Weile ging es auf und ab, bis sich ein neues Tal seinem Blick öffnete. Hier war es nun üppiger und es sprießten Kräuter und kleine Agaven auf einem Feld, zwischen denen er sich hindurchschlängelte. Kleine Vögel schwirrten durch die Luft und teilten die Hitzeschichten mit ihren Flügeln, wie mit Messern.

Er ließ seinen Blick erneut schweifen und sah dann, in kurzer Entfernung, eine verschwommen-grüne Nebelwand aufsteigen. Ein zittrig-waberndes Etwas, wie ein dichtes Wäldchen, nur ein paar hundert Meter voraus.
Wie konnte sich so ein großes Gebilde in dieser Einöde halten? Es wirkte wie eine Fata Morgana vor seinen ungläubigen Augen, aber er wusste, dass es mehr war als das.

Er dachte an einen grünen Hain, der sich vor ihm die ganze Zeit über versteckt gehalten hatte, und der ein Geheimnis barg. Eine angenehme Behausung, die wohl schon länger auf ihn wartete.
Dies spürte er mit jeder Faser seines Körpers, selbst seine Haut glühte und sehnte sich nach diesem Ort. Es war eine

seltsame und anmaßende Verlockung, die von dort ausging und ihn durchströmte.
Wie eine Verheißung war dieses Gebilde, das seine wirren Gedanken und all die lasziven Bilder in ihm aufzuschlüsseln vermochte.

Vor ihm schien ein Trampelpfad auf ihn zu warten. Eine lockere Begrenzung aus schlanken Zypressen, links und rechts, die auf dem staubigen Weg Spalier standen.
Die Zeit war weiter gewandert. Das hohe, üppige Grün streckte seine Spitzen in eine mittlerweile dunklere Bläue.
Fata Morgana oder nicht, hier war der Lockweg, der in eine seltsame Oase führen sollte. Seine Schritte wurden dorthin gelenkt und er konnte nichts dagegen tun.

Noch einmal und ohne Vorwarnung durchfuhr ihn ein einlullender Hieb, der ihn erzittern ließ und einen Schweißausbruch zur Folge hatte. Wilde Gefühlswellen durchdrangen seinen Körper und hielten sogar seinen Schritt für eine Weile gebannt. Als ob, von fremder Hand, ein Netz über ihn geworfen würde, so schlugen seine Empfindungen über ihm zusammen.

Erst wurde sein Kopf ganz warm, dann überschwemmten betörende Signale alles andere. Heiß und kalt wechselte im Rhythmus und Gänsehaut ließ die feinen Härchen aufrichten. Dann durchzuckte es ihn von den Schultern über das Rückgrat und im selben Moment über seine Brust, den Bauch und Unterleib. Von dort weiter in seinen Penis - der wie von Zauberhand glitschig-feucht aufgerichtet stand - durch seine Schenkel und Beine, bis das Kribbeln schließlich die nackten Füße einspann.

Alles geschah rasend schnell und nur die Sinne wurden in ihm befeuert. Er meinte, kurz benommen gewesen zu sein, denn er fand sich auf seinen Knien wieder. - Er empfand es als eine Segnung und hoffte auf einen neuen Schub.

Nun gab es kein Einhalten. Diese letzte Überrumplung war wie eine Einladung und er schritt zielstrebig darauf zu.

Die Distanz zum Wäldchen wurde kleiner. Die Ausdehnung davon mit jedem Schritt größer und klarer. Die Hitze wurde schwächer und der Tag schien sich allmählich zu neigen.

Die Anziehungskraft ging unweigerlich von dem aus, was da vor ihm lag. Wie ein starker Magnet, der im Innern der Behausung auf ihn lauerte und ihn anzog. - Unsichtbare Fäden sponnen ihn ein. Es hatte etwas Betörendes, das über seinen Bauch strich und eine Erregung in Gang setzte, die bis ins Mark aufwühlte.

Er stolperte weiter voran. Das Spalier der Zypressen wurde später von alten Oleanderbüschen abgelöst, die zwar mit Staub bedeckt waren, wo aber noch einige Blüten durchschienen. Die Buschreihen führten ihn dann direkt auf das Wäldchen zu. Näherkommend entdeckte er eine unmerkliche Lücke, in dem ansonsten dichten Grün des Zypressenwäldchens.
Sicherlich war hier einst ein grüner Torbogen angelegt, der nun, mit den Jahren, fast zugewachsen war. Er musste zahlreiche, verflochtene Äste und Spinnweben wegstreichen und überwinden, bevor er ins Innere gelangen konn-

te.

Das Wäldchen war nur eine Täuschung. Es war kein einheitliches Gebilde, es war eine kreisrunde Umzäunung für ein herrschaftliches Anwesen.

Ein Kiesweg führte zu dem verwitterten Treppenaufgang und zum Haupteingang des Hauses. Hier machten seine Schritte die ersten wahrnehmbaren Geräusche. Hier sah er Hibiskus -und andere blühende Sträucher, dessen Namen er nicht kannte. Bunte Schmetterlinge und rastlose Sperlinge begleiteten ihn auf seinem Weg.

Je näher er dem Haus kam, um so intensiver schien sein ganzer Körper auf alles zu reagieren. Die imaginären Fingerspitzen schienen ihn weiterhin zu verwöhnen und um seinen Bauchnabel zu kreisen. Auch schienen die Berührungen tiefer zu reichen, damit ja sein Penis nicht erschlaffte.

Das alles ließ ihn keinen klaren Gedanken fassen. Für ihn gab es nur diese permanente Sogwirkung, die alles andere unterdrückte. Seine Eichel war feucht und wippte im Takt einer mysteriösen Anteilnahme. Als ob ein bezaubernder Mund sie neckte und eine Zunge sie umspielte.

Von Nahem wirkte das Gebäude verwaist und in einem kläglichen Zustand. Als ob die Bewohner das Anwesen fluchtartig verlassen hätten.
Die Fassade wirkte brüchig und farblos, die wenigen Fenster an der Vorderseite waren mit Fensterläden abgeschirmt. Es hätte ihn nachdenklich stimmen sollen, dies

alles so verlassen vorzufinden. Doch trunken vor Neugier, Geilheit und Anspannung, strebte er dem Treppenaufgang zu.

Er fühlte sich auch nicht als Eindringling, sondern als ein willkommener Gast. Er folgte einer verführerischen Einladung, die ihm auf fatale Weise sein Bewusstsein raubte. Ein sinnenfrohes Begehren war es, das ihn lockte. Mit Düften um ihn herum, die ihn benebelten. Und mit einem undefinierbaren Geschmack auf den Lippen, nach Schweiß, Frauenduft und Meer.

Sein Unterbewusstsein kreierte nackte Gestalten, die übereinander herfielen, ungehemmt und überschwänglich.
Die Gier nach Sinnlichkeit wurde nur kurz von einem streifenden Lufthauch unterbrochen, verursacht von einem Schmetterling, der zeitlupenhaft vor seinem Gesicht entlanghuschte. Ein paar Flügelschläge weiter, driftete das zarte Wesen aus seinem Blickfeld, zur nächsten Blüte.

Lange Schatten fielen nun von der grünen Umrandung in den Innenhof und gaben dem Ort eine geheimnisvolle Aura. Der Treppenaufgang war mit Moos überwuchert. Als er oben angelangt war, versuchte er die Eingangstür zu öffnen, doch er hatte damit keinen Erfolg.
Er fand die Türklinke mit dickem Staub überzogen. Ein weiterer Beweis dafür, dass schon lange niemand mehr hier oben war.

Also weiter. Wie kam er hinein? Vielleicht fand sich noch ein anderer Einlass. - Instinktiv wandte er sich rechts ums Haus, vielleicht gab es dort eine Terrasse, von der man einen Blick ins Innere des Gebäudes erhaschen konnte.

Es waren lange Fensterreihen auf dieser Seite, aber zu hoch gelegen, um überhaupt etwas erspähen zu können. Der Wein, der hier einst gepflanzt wurde, überwucherte zudem Wand und Fenster mit wirren Verästelungen und einem üppigen Blätterwerk.

Trotz der Kargheit außerhalb dieses Refugiums, war der hier vor Zeiten angelegte Garten noch fruchtbar und farbenfroh. Als wenn ein nimmermüder Gärtner hier seine Tage fristete.

Das betörende Kribbeln ließ auch hier nicht nach. Die Fänge einer obszönen Macht schleiften ihn weiter voran. Er wanderte über eine weiche Grasfläche, die ihn zur Rückseite des Gebäudes führte. Doch statt ums Haus ging er geradeaus, auf eine blau-graue Fläche zu, die von Steinplatten umsäumt war.
Der frühere Besitzer hatte, zum Vergnügen der Hausbewohner, einen Pool einbauen lassen. - Nun fristete er bloß noch ein trübes, sauerstoffarmes Dasein. Seltsam nur, dass das Wasser noch nicht verdunstet war.

Hier war sein Ziel, nach langer Wanderung. Ein neuer Sog übermannte ihn und ließ ihn zum Ende des Pools blicken.

- Wenn man der **Verführung**, durch Schönheit und Präsenz, einen neuen Namen hätte geben müssen, dann wäre man hier, an diesem Ort, dem neuen Ideal begegnet! -

Es war kurios, und er würde es niemals begreifen können.

Hier, wo doch der Verfall jedem sichtbar war und eine traurige Verlassenheit diesen Ort umfing ... war **diese eine** anwesend und wartete auf **ihn**. Er konnte ihre Körperlichkeit, mit all seinen Sinnen, fast schon greifen, so lebendig erschien sie ihm - diese begehrenswerte Schöne. -

Am Ende des Beckens lag die Verführung splitternackt auf einem Liegestuhl!

Die Schatten wurden länger und alle Dinge traten noch intensiver hervor. Der Pool wurde einmal mehr in ein sattes Farbenspiel getaucht und die hohen Schlingpflanzen ringsum schwankten dann und wann, mit einem leichten Windzug, der irgendwo durch die Abgrenzung hereindriftete.

Da lag sie also: sein Medium, sein Orakel - seine Verlockung, von der er angetrieben und eingenommen wurde. Da war er sich nun sicher, dass er die ganze Zeit diesem sinnlichen Wesen auf bizarre Weise entgegengefiebert war. Selbst, über eine so große Entfernung hinweg, war sie die Ursache der vermeintlichen Berührungen, der großen Anziehungskraft und der geilen Einnahme.

Da waren nur noch wenige Meter, die zwischen ihnen lagen. Sie war nicht nur schön und kurvenreich, sie hatte eine ausladende Lässigkeit, wie sie sich dort, vor ihm und für ihn, rekelte ... allein ihre Augen strahlten eine solche Begierde nach ihm aus ... ihr halboffener Mund, der ihn vertraut und lasziv anlächelte ... ihr dichtes Haar, das durch das warme Licht, wie eine Löwenmähne erstrahlte ... ihre Brüste, die so groß und erhoben wirkten und fast zu schweben schienen ... ihre geöffneten Schenkel, die das Intimste so offenlegten, dass es wie ein Tor zur Erfüllung schien ... und nicht zuletzt ihre Füße, die schmal und quirlig, auf dem glatten Stoff, hin und her strichen ...

Hier war nun kein verlangend-durchdringender Schub mehr vonnöten. Das Band zwischen den beiden zog sich immer enger zusammen. Die Schleusen sollten sich endlich öffnen!

Sein Schwanz tanzte auf und ab, so, als ob sie, von der Liege aus mit ihren Fingern, sein Gemächt schon ergriffen hätte und mit ihm spielte.
Aus lauter Erwartung, traten unablässig Lusttropfen aus seiner Eichel hervor, wie aus einer Quelle, die bei jedem Schritt den er tat, die Abgrenzung des Pools damit benetzten.

Ihr unbändiger Sog ließ ihn schweben und schon bald befand er sich dicht vor ihrer Liege und ihrer verführerischen Nacktheit, die ihm willig alles offenbarte.
Ihr Blick traf unverhohlen auf seinen feuchten *Zeigefinger*, der wippend alle Sehnsucht barg und die nun ungehemmt fließen sollte.

Sie liebkoste ihre Nippel mit ihren weichen Fingerkuppen. Ihre Höfe waren kaum wahrnehmbar, doch ihre Nippel wurden hart und dunkler, bei ihrem Unterfangen.
Er umfasste die Armlehnen und beugte sich über sie. - Ihr Duft umwehte ihn und war wie eine Offenbarung - ein ungezügeltes und doch so anziehendes Fluidum.

Sie ließ ihre Nippel im harten Zustand fahren und ergriff mit beiden Händen seinen aufrechten Schaft, der wohl glitschig-warm in ihrer Umklammerung spürbar sein musste. Sie massierte ihn und leckte mit ihrer Zunge an dem einen oder anderen Lusttropfen.
Dann hob sie ihren Blick und himmelte ihn überschwänglich und unverfroren an und als sie sich wieder seinem Gemächt zuwandte, saugte sie an seinem Ständer mit bezwingender Gier.

Er verkrampfte sich fast an der Liege, da es ihm vor Wollust fast schwindelte. Der milchige Saft kochte in ihm und wäre alsbald hervorgedrängt, doch geschickt ließ sie von ihm ab und, ohne ein Wort zu sagen, deutete sie auf ihre Vulva.

Allein der Blick darauf hätte bereits genügt, seinen Saft hervorschießen zu lassen, doch mit letzter Anstrengung, konnte er das noch einmal verhindern.

Er wollte Einswerden mit ihr, die er in seinen Tagträumen nur als Schimäre kannte und die ihm immer wieder aus den *Fingern* glitt, wenn er sich bemühte, sie zu sehen und zu ergreifen. - Zart und umsichtig stellte er sich das miteinander vor - doch nun zweifelte er an seiner Sanftmut.

Denn hier war alles triebhafter. Sein Eindringen geschah ungezügelt und ohne Besinnung - sein letzter Kraftakt, den er als Mann vollführte, da er von Gier und Ekstase getrieben wurde.

Das weiblich-zarte Refugium, das er mit Macht einnahm -

und das ihn überfeucht empfing - und das seine Erregtheit auf die Spitze trieb, schloss sich um Eichel und Schaft wie eine schleimige Fessel, die ihn nicht mehr loslassen würde. Auch, wenn er mehrmals hätte rausflutschen müssen, fand er keine Möglichkeit ihrer Lusthöhle zu entfliehen.

Ihr Stöhnen verband sich mit dem seinen und trug es übers Becken hin und ließ die Wasseroberfläche vibrieren.
Die alles verschlingende Vögelei wirkte wie ein kurioser Tanz, auf schmalem Terrain. Ein Akt, der allein die Sinne und Süchte antrieb und beglückte und alles von ihm einforderte. -
Am Ende war alles nur noch Aufbegehren, anhaltende Erregung, Wärme, Lust, Saft und Explosion.

Dann war es um ihn geschehn. Alle milchige Substanz, die er bis dahin aufgespart hatte, ergoss sich in ihrer Höhle. Er glühte und zitterte im Abgang - und er war ganz ermattet und ausgelaugt von der Vereinigung.

Dann vollzog sich mit ihr ein Wandel, der nicht mysteriöser hätte sein können, als hier, an diesem Zauberort. -
Ihr Körper schrumpfte! - Alles an ihr wich zurück und wurde unförmig - wie ein Ballon, in den man hineingestochen hatte.

Als ob er sie niedergerungen hätte mit all seiner Kraft und seinem Gemächt. - Wie mit Peitschenhieben, die ihre Haut verwüstet und ausgelöscht hätte. Und dass sich alles am Ende auflöste. All ihre Weiblichkeit, die Kurven, die prallen Brüste und Schenkel ... War es sein Einwirken und seine Unnachgiebigkeit, die das angezettelt hatten?

Ihr Haupt und Haar, ihr Gesicht, ihre Schultern, Arme und Hände, ihre Brüste und der Brustkorb, ihre Schenkel und Beine und ihre schmalen Füße, alles verschwand vor seinen Augen, in kürzester Zeit.
Er schaute hinunter auf sie, oder auf das, was noch von ihr übrig war und entdeckte - statt seinem geilen Gegenüber - auf der nun fast leeren Stoffbahn der Liege - nur noch ihre zuckende Möse, umgeben von einem, surreal-winzigen Körpertorso als Anhang, der kaum noch ins Gewicht fiel!

Sein kaum erschlafftes Glied, steckte immer noch in *ihr*, in ihrer *allein gelassenen* Möse. - War er in eine Falle geraten? - Jeder Versuch, ihrer Möse zu entkommen, schlug fehl. Im Gegenteil, dies Ding dort unten, verhielt sich merkwürdig eigenständig. Es bewegte die dicken Schamlippen, als ob es etwas zu ihm sagen wollte.
Auch seine Hoden wurden von ihren Lippen umschmeichelt, was ihn aufs Neue mit einem Lustschauer erfüllte. - Schließlich umschlossen diese Lippen sein ganzes Gemächt und schnappten unvermittelt zu!
Sie entpuppte sich als ein gefräßiges Tier, das ihn, im wahrsten Sinne, aufnahm und verschlang.

So wurden, auf wundersame Weise, seine Geschlechtsteile von seinem übrigen Körper abgetrennt. -
Sein, ach so, agiles und blutgefülltes Gemächt war verschwunden! - Seltsamerweise spürte er keinen Schmerz und keine Trauer um sein bestes Stück. Da, wo einst sein Glied hervorragte und die Hoden schwangen, entstand weder eine klaffende Wunde, noch strömte Blut hervor. - Nur ein einzelner, dicker Blutstropfen rann von seinem Schenkel, hinunter auf die *verwaiste* Liege.

Doch dann öffnete das *Untier* erneut seinen Mösenmund und spie sein Gemächt mit großer Anstrengung hervor. Es flog im hohen Bogen durch die Dämmerung und landete punktgenau in der Mitte des Pools. Nur eine kleine Fontäne stieg empor und legte sich zusammenbrechend über die trübe Oberfläche. Kurz nach dem Eintauchen zeigte es sich noch einmal - wie nach Luft schnappend - dann verschwand es vollends, im trüb-grauem Nass.

Nach all dem, was mit ihm geschehen war, war er dann doch ein wenig beklommen. Er starrte weiter auf den Pool und auf seine Oberfläche. - Vielleicht tauchte ja sein edles Stück doch wieder auf und alles war nur ein Missverständnis und konnte noch behoben werden!?

So merkte er gar nicht, wie dieser weibliche Torso sein Eigenleben fortsetzte. Das Ding bäumte sich auf, als ob es die Liege verlassen wollte - erzitterte auf der Stelle, wie von einem elektrischen Schlag getroffen. Dann beruhigte es sich wieder und die Schamlippen im Zentrum gaben so etwas wie ein Lächeln zum besten.

Es wirkte wie ein lauerndes Tier, das auf den richtigen Moment wartete. Doch bevor es dazu hätte kommen können, wechselte der Torso seine Form und Oberfläche.
Er verlor den seidigen Hautton und durchlief mehrere farbige Abstufungen. Zum Schluss löste sich sein Äußeres ganz auf und in seiner neuen Wandlung glühte dies Etwas nur milde vor sich hin, wie eine untergehende Sonne.

Er hätte nicht dagegen rebellieren können, es geschah ganz im Sinne seines Aufenthalts an diesem Ort.

Die kleine, glühende Sonne ließ seine Aufmerksamkeit zu dem lenken, was noch von der nackten Schönen übrig war. Die Strahlen rührten seine Augen zu Tränen und er konnte für Momente nichts mehr erkennen.

So merkte er nicht, wie das leuchtende Etwas sich langsam verselbständigte und auflöste. Kleine Partikel davon stieben auseinander wie Leuchtfeuer, um sich schließlich wieder zu vereinen. Das ging ein paar Mal so, bis die leuchtende Formation erneut ausschwärmte, eine Wolke um den *Halbblinden* bildete, um ihn endgültig anzugehen und in Besitz zu nehmen!

Kleinere Bündel dieser Partikel stieben heran und strömten in all seine Körperöffnungen und wurden gleich absorbiert. Selbst seine Augen und der Bauchnabel wurden nicht verschont - auch dort fanden diese Winzlinge einen Durchschlupf.

Darauf glühte er wie im Fieber. - So, wie zuvor seine Gespielin sich wandelte, so durchlief nun auch er eine einschneidende Veränderung.

Seine Haut wurde weicher, sein Becken und Hintern breiter, seine Gliedmaßen filigraner. Sein Haar fülliger und länger. Sein Gesicht erfuhr eine außergewöhnliche Umbildung, da Schönheit nicht nur von innen strahlt.
Vordem war seine Brust flach und muskulös, nun bildeten sich, statt seiner unscheinbaren Brustwarzen, Nippel und Vorhöfe - und schöne Rundungen heraus.
Das weibliche Geschlechtsteil, das ihn vor kurzem noch angelächelt hatte, entwickelte sich an und in ihm neu -

und löste so sein altes ab.

Sein Denken als Mann war nicht mehr gegeben und nicht mehr gefragt. Es war ausgetilgt! Mit Erstaunen erspürte er seine Wandlung. - Mit jeder Faser fühlte (er)**sie**, wie die Weiblichkeit in und an **ihr** zunahm und wie vollkommen es sich anfühlte.

Wer wusste denn, wie oft dieses Ereignis hier schon stattgefunden hatte?

Sie nahm geduldig den Liegestuhl wieder in Beschlag. Sie wusste, dass eine geraume Zeit vergehen würde, bis das nächste männliche Opfer auftauchen -und sich einspinnen lassen würde.

Von Zeit zu Zeit sendete sie eindeutige Signale aus, indem sie sich entspannt auf der Liege räkelte und mit ihren Nippeln spielte.

Mit geilem Verlangen harrte sie derer, die mit Gewissheit auf sie zukommen würden.